デュラス×ミッテラン対談集
パリ6区デュパン街の郵便局

マルグリット・デュラス
フランソワ・ミッテラン
坂本佳子訳

Marguerite Duras
François Mitterrand

Le bureau de poste
de la rue Dupin
et autres entretiens

未來社

Marguerite DURAS, François MITTERRAND:
Le Bureau de poste de la Rue Dupin et autres entretiens
Présentation et notes de Mazarine PINGEOT

デュラス×ミッテラン対談集　パリ6区デュパン街の郵便局◆目次

凡例

・訳者による補足・説明には〔 〕を用いた。
・本文の原注は☆で示し、本文の左ページに傍註として掲出した。訳注は★で示し、巻末に一括掲出した。

デュラス×ミッテラン対談集　パリ6区デュパン街の郵便局

装幀――岸顯樹郎

出版社注記

　ここに公開されるマルグリット・デュラスとフランソワ・ミッテランの五つの対談は、『ロートル・ジュルナル』誌の編集長ミシェル・ビュテルの発案[★1]により、一九八五年七月から一九八六年四月にかけて行なわれ、週刊誌になった初期の頃にあたる一九八六年二月から五月にかけてマリー＝ロール・ド・デケール[★2]の写真とともに掲載された。その後、マルグリット・デュラスとフランソワ・ミッテランはガリマール社に、すべての対談を一冊の本にしてみたいという希望を伝えた。マルグリット・デュラスはまた、自分で書物のタイトルを決めている。彼女は対談の継続を強く望んでいる様子だったが、実現にはいたらなかった。

　今回はこれら五つの対談に、背景を説明する注記と証言を付すこととなった。

序言

マザリーヌ・パンジョ

わたしの父フランソワ・ミッテランが亡くなって十年が過ぎた。彼がその友人のマルグリット・デュラスと対談して二十年が経過した。共通の記憶、つまりレジスタンスの時代とナチによるロベール・アンテルムの連行、これらの記憶をめぐる対談だった。ロベール・アンテルムは当時マルグリットの夫でフランソワの友人だった。たしかにマルグリットとフランソワを引き合わせたのは戦争だった。彼らの運命はまだ決まっていなかったが、それが形をとり始めたのはあの時代である。ひとりには政治的野心の兆しがあり、もうひとりには確かなエクリチュールと、すでに世に出た第一作目の小説『あつかましき人びと』があった。

その対話は、友愛に満ちたありとあらゆる会話がそうであるように、こちらからあちらへ、アフリカやアメリカ大陸へ、別のテーマへと移っていく。あえて構成を整え厳密を期したとしても、そこではすぐさま言葉の自由が権利を取り戻してしまうのだった。出版によってここにたどられるのは、つまり書かれたテクストではなくほかならぬ長いつきあいの二人の友の対談であるということを思い出さなければならない。二人とも本になるからといってテクストをなおすことはなかったが、それでも彼らは文人なので、口頭での会話は書かれたのとほとんど同等である。とはいえ、彼らの言葉はあるがままに発せられ、その言葉の浮かび上がった背景がそこに刻み込まれることになる。たとえば一九八六年は左派にとって困難な年だった。やがて国民議会選挙では敗北し、過激化する右派も出て、極端な自由主義が追い風を受けるような国際的状況となる。フランソワ・ミッテランがついにこの対話を中断することになったのも、おそらく政治的なスケジュールのためだろう。だがともかくそこでの話題は、歴史的あるいは状況説明的な価値に加え、時代を超越した広がりをもつのであり、とりわけフランスの歴史、アフリカの歴史、アメリカの詩情そしてその悪魔的な側面、それからあの悲劇的な出来事(エピソード)の回想、つまりデュパン街[★1]のあのアパルトマンでのロベールとマリー＝ルイーズ・アンテルム兄妹の逮捕に関するものとなっている。

対談が始まると、フランソワ・ミッテランがロベール・アンテルムを訪ねる話になる。当時、ロベール・アンテルムの病いは重く、彼の記憶は失われつつあった。その記憶がここに取り戻される。二人の声の恵みによって。ひとつの人生が過ぎ、仲間は散り散りになった。だが、フランソワ・ミッテランは人からよくそのことで責められたとしても、誠実な友として病気の友人をひとりひとり見舞い、わざわざ時間をつくってその手を取りに行く。その手こそがかつて、彼フランソワを支えたのだから、と。まずは友愛の問題なのだ。あの歴史＝物語も、マルグリットとの対話も、彼らの出会いの思い出も、わかちあわれた死の恐怖も。マリー＝ルイーズの逮捕と彼女の驚異的な勇気も。なにしろ彼女は、フランソワ・ミッテランを収容所送りから救い出したのだから——やはり友愛と、彼女のプライドによって。それから死者たちのあいだで生き延び、フランソワに——フランソワは初期に創設された強制収容所の解放にかかわった——呼びかけたロベール・アンテルムの発見も。——体重三十五キロで衰弱しきってチフスの脅威に曝されたこの人を助けたのは、またしても友愛である。他のなにより戦時中のあの数年こそが、これらのつながりによって何かを創造する力となったのだった。第一回目の対話のなかにわたしが読み取るのもこれである。そこでは、ロマンティスムが恐怖をやわらげ、人の優しさが蛮行を鎮める。あのデュパン街、そしてあのサン＝ブノワ街はそれゆえに、わたしの眼には神話的でありつづける。その一方の名は、ときおり話に聞いた。もう一方については、わたしはほとんどそこに住んでいたといってよい。五番地[★2]の前を通るとき、わたしは建物を見上げながら、友愛が死の恐怖と戦い、愛が思いのままに交わされ、生がそのもろさに比例するかのように強靭となる、あの時代に思いを馳せたものだ。サン＝ブノワ街五番地。思考がぶつかり合い、知識人や冒険家が行き交う、文化の小島。マルグリット・デュラスがわたしの本当に愛する数々の書物を執筆した、エクリチュールの場所。もっとも、この対談集にとってそれは結局、一九八一年の選挙前夜[★3]にわたしが会った彼女と、そしてわたしの父フランソワ・ミッテランの、出会いの場所なのである。

M・P

第1章　デュパン街の郵便局

一九八五年七月二十四日
パリ、作家のアパルトマン[☆1]にて

マルグリット・デュラス（以下、M・D）――戦時中のあなたを、そして若かったわたしたちの人生のあのころを思い出すと、つねにつきまとう底知れぬ死の恐怖のなかにいながら、その恐怖につねに立ち向かう用意のあったあなたのことが、いつも見えるように思うのです。あのようなたぐいまれなる勇気をわたしは他に見たことがない――こんなことをあなたに打ち明けたことはないわね、ごめんなさい……。あなたの驚異的な勇気は、理性的、論理的で、同時に狂気のようでした。まるで半ば自殺的な行動でもって、死に対するあなた自身の恐怖と闘うことが、あなたの生にたいする本当の情熱であったかのように。わたしはデュパン街の郵便局の出来事（エピソード）を本当に何度も思い出すのです。[☆2]

フランソワ・ミッテラン（以下、F・M）――恐怖についてここで話しませんか。わたしが受けた教育、そしておそらく気質もあるのでしょうが、それによってわたしはかなり哲学的な考え

☆1　サン＝ブノワ街五番地。マルグリット・デュラスがフランソワ・ミッテランと初めて会ったときに住んでいたアパルトマンもここである。そのいきさつは以下で取り上げられる。

☆2　マルグリット・デュラスとフランソワ・ミッテランが出会ったのは一九四三年のことである。当時すでにフランソワ・ミッテラン別名モルランは、自ら創設したレジスタンス地下組織「戦争捕虜と強制収容所被収容者の全国救出運動」（ＭＮＰＧＤ）を指揮。二人が知り合ったのは、ジャック・ベネとロベール・アンテルムの仲介による。ジャック・ベネはロベール・アンテルムの幼なじみ。ミッテランが寄宿していたヴォジラール街一〇四番地の学生寮の元寮生でもある。デュラスとミッテランが出会った一九四三年にはまた、ベネがアンテルムを介してジョルジュ・ボーシャンと出会っている。ジョルジュ・ボーシャンは、バイヨンヌ〔フランスとスペインの国境付近、大西洋側に位置する都市〕のリセから大学法学部にかけてのアンテルムの同級生（フランソワ・ミッテランも大学法学部の同窓だったが、そこでは二人と出会わなかった）。学生時代のボーシャンとアンテルムは、マルグリット・ドナデュー、すなわちのちのマルグリット・デュラスの当時の相手ジャン・ラグロレといつも三人組であった。マルグリットは一九三六年、並外れた人物だと誰もが口を揃えて認めるロベール・アンテルムに出会い、さっそく彼に夢中になる。三人組は仲間割れし、ロベール・アンテルムは激しい罪悪感を覚え、ジャン・ラグロレは自殺を考えるまでに至った。事を納めたのはボーシャンであり、彼はラグロレを中央ヨーロッパ旅行へと連れ出した。ロベール・アンテルムとマルグリット・デュラスは一九三九年九月二十三日に結婚、サン＝ブノワ街五番地に居を構えた。

フランソワ・ミッテランはドイツから脱走後、たびたびジャック・ベネと会った。ベネもパリで地下活動をつづけた。一九四三年、ミッテランはベネにリヨンでのＭＮＰＧＤ新メンバー募集を依頼。一九四三年六月、ベネはパリへ出てロベール・アンテルムと妻のマルグリットの家に居候する。ロベール・アンテルムは友人ジョルジュ・ボーシャンと毎日面会、ボーシャンは徐々に地下活動に身を投方をしてきました。しかし死と呼ばれる現象を取り巻くものへの不安、たとえばあの世や身体の腐敗に関する問題をわたしは完全に乗り越えたことがありません。でも、とにかく死は若さをめぐる問題であることに変わりはありません。わたしは、かなり早くから死と隣合せになってきました。あなたもよくご存じのそういう世代、つまり二十歳で戦争に取られてしまうような世代に属していたので。うまく折り合いをつけて生きていかなければならなかったのです。

ヴェルダン[★1]のあたりでのある瞬間を覚えています――一九一六年ではなく一九四〇年のヴェルダンで、といっても結局、ヴェルダンなる場所はまたしてもあまり安全ではなくなっていましたが――、ドイツ側の攻撃が始まって、あちら側はそれはもう屈強で敏捷な若者たちの突撃歩兵隊だったのです。短いズボンをはき、軽装で、携帯用の機関銃を持っている。われわれもそこにいたんですが、こっちは隊列を組んで進むときなんか背中には三〇キロの荷物、足には巻きゲートル――ものすごく窮屈でね、走れないし、銃も古くて非常に重い――信じられない差がありましたよ、あれは。それでドイツ軍の攻撃が始まって眼が覚める――あの頃、わたしは戦地への赴任を命じられ、たしか下士官だったと思いますが、ただ、わたしはどちらかというと反軍国主義者なので、隊列を作るようなことのいっさいを拒否したのは言っておかなければなりません……ご存じのとおり、一定の免状を持っていると自動的に士官になります。ところがわたしは免状を持っていましたけれど、士官になりたくありませんでした。[☆3]それにまた、じ、イギリス落下傘兵らをかくまうための交渉を行うことになる。ロベールはボーシャンをベネに引き合わせ、ベネはボーシャンにフランソワ・ミッテランのことを話す。こうしてミッテランはボーシャンと出会う。終生変わらない友情はこのときに生まれた。

マルグリット・デュラスは、もっと早くからレジスタンス活動に参加したいと考えていた。ベネはフランソワ・ミッテランを泊めるよう彼女に勧める。モルランがアンテルム夫妻、そしてロベール・アンテルムの妹マリー゠ルイーズに出会うのはこのようにしてである。マリー゠ルイーズはあの悲劇的な出来事——のちに対話のなかで語られる——が起こるデュパン街五番地に住んでいた。やがてミッテランはディオニス・マスコロに会う。のちにデュラスの愛人となるディオニス・マスコロだが、ロベール・アンテルムとの友情は変わらなかった。彼らはみな、ミッテランとともにMNPGDに参加した。

☆3　フランソワの兄ロベール・ミッテランによれば、フランソワが「徴兵猶予を受けたとすれば、彼はその期間終了後、幹部候補生として地方へ送られる可能性があった」が、それを申請しなかったのは、「パリ地方が好きだからだ。彼がパリを離れなかったのには、それなりの理由があるものと思われる。実際、まもなくわたし〔ロベール・ミッテラン〕は、彼が若い女性に確かな愛情を抱いていることを知った。（……）徴兵猶予に関する決心の代償は、フランソワには高くつくことになる、というのも、歩兵の地位は士官学校の生徒にはほとんど縁のないものだからである」（『ある人の兄弟』Robert Mitterrand, *Frère de quelqu'un*, Robert Laffont, 1988）。この女性はマリー゠ルイーズ・テラスであり、フランソワはベアトリスと呼んでいたが、のちの〔テレビ・アナウンサー〕カトリーヌ・ランジェのことである。しかし、彼のこの選択にはイデオロギー的な部分もある。MNPGDの仲間と創刊した新聞『リーブル』の一九四五年六月二十二日掲載記事で、彼はこう書いている。「万事よく理解したうえで軍隊について語るためには、二番手でなければならなかった。それがわれわれのやりかたなので六ヶ月間を少尉候補生訓練場で過ごすよりはむしろパリに残りたかったのです。わたしはそちらに残るほうを好んだのです。当時の学生が考えることです……少尉候補生がいましてね、起立しているんですよ、ビシッとね——全方位から弾が飛んできたり爆発が起こったりするなかです——、わたしが彼のそばに行くと、彼は連絡係を呼ぶ。連絡係はこうしたときに隣接部署と話をつけに行くことを任務としている。「何をしているのか？——どこへ行くのか？——態勢は整っているか？」われわれはちょうどいまのあなたやわたしみたいな位置にいて、少尉候補生はそこのミシェル・ビュテル[☆4]のいるあたりにいた。で、彼ががっくりとくずおれ、死んでいる。もう二人とも、そんなことがわれわれに起こりうるなんてこれっぽっちも考えていなかった、さきほどまでいた位置にそのままいるんですよ。死が数センチメートルの差で左右されるときでさえも、若さという力があれば、人はそのことを考えないのです。

M・D——それはどこだったのですか？

F・M——ヴェルダンのあたりです。一九一四年から一九一八年にかけての大戦〔第一次世界大戦〕中、一九一六年から一九一七年にわたってとくに凄まじかったヴェルダン要塞戦で、「三〇四高地」と呼ばれていた死者の丘（Mort-Homme）との中継地です（これらは当時みんなが知っている名前だったのです）。われわれは第一次世界大戦のときの塹壕にいたのですが、二十年前のものなのに草木がまだ生えていなかった。いまは生えていますよ、わたしは最近行ってきましたから。[2]しかし掘り返すといまだにあちらこちらから骸骨が出るんですよ――第二次世界大戦ではなくて、一九一四年から一九一八年の大戦のものです。

M・D――死の恐怖って見せかけの問題だと思います。だってあなたは生を起点としてそれを想像しているから。誰かがいきなり死んでしまうという経験、それはたとえば昏睡状態のように、まったく感じ取ることの不可能な経験なのであって、あなたは死への素朴な恐怖、つまり太古からの恐怖をなにもわかっていないのです……わたしは思うのですが、……人が死ぬとき、こんなにも死を恐れるなんてどれほど間違っていたのだろう、と思い返す可能性や時間さえも

あり、おそらくは名誉でもある。等級の下層から軍を見たことで、われわれはなんの躊躇もなく一般化しうるような若干の注意点の検討機会を得た。われわれは喜んで兵役についたわけではない。雄牛のように鋭敏な知性をもつ下士官の支配下となっても、特別に士気がかき立てられるものではない。われわれは兵営を経験したが、そこで気づいたのは以下のようなことである。すなわち、われわれの平和的な軍組織による占領の基本とは、クラウゼヴィッツの研究や、あるいはもっと単純にオチキス機関銃の分解にかかっているというよりもはるかに、ビストロに通うことのうちに存するのだということ。一九三八年に招集されたわれわれにとって、兵士であるということは、誠実な一市民が凡庸さのなかで、汚さ、怠慢、アルコール、淫売屋、そして眠気にできるかぎり早く慣れるにはいったいどうしたらよいかを習うことだった。(……)われわれの両大戦間の士官は、人間一般とくにフランス人について抱くにいたったかなり短絡的な考えをほとんど変えようとしなかった。彼の哲学は、よく知られた次のようなスローガンに要約されるものだった。「理解しようとしてはならない」。

☆4 『ロートル・ジュルナル』の創刊者。この対談を手がけた。

ないにちがいないわ。
F・M——二週間前に小さな本を読みましてね、スイユ社から出たものですが、すばらしい本です。エティ・ヒレスムというユダヤ系オランダ人の若い女性による一九四一年から一九四三年にかけての日記を翻訳したものです。[☆5]彼女はこの日記を、アウシュヴィッツに送られる直前まで書きつづけたのです——逮捕から三ヶ月後に彼女は亡くなりました。驚くべき本ですよ。彼女曰く「本当の苦しみとは、人が恐れるところの苦しみのことである」。さらにいえば、おそらく彼女は実際に体験した現実よりも、はるかにひどい状態におかれていたのだと思います。しかし、彼女はその現実を乗り越えていくのです。モラルの力や生きる喜びについて書かれた驚異的な本ですよ……最悪の事態のなか、彼女は「生きるということは素晴らしい特権であるとわたしはいまでも考えています……もう歩道を歩くこともできないし、友達は逮捕されました。お父さんとお母さんはどうなってしまったのかしら……でも、ほら、窓辺にゼラニウムが一輪咲いているのを見つけたわ。今日一日過ごすのにはそれで十分……」気取った表現もなく、というのもこの日記が出版されるとは思っていなかったに違いありませんから……。人は死を恐れます。その恐れをあなたがさきほど言ったようにして乗り越えるなら、そんなものはなんでもないに決まっている、ということがわかるのは確かですね。
M・D——あなたと共通の友人の、ロベール・A[☆6]を思い出します。彼は生き残った。聡明な人だけど、いまは記憶が一部消去されてしまって。[☆7] 短期記憶が失われるのです。

☆5　エティ・ヒレスム『エロスと神と収容所　エティの日記』大社淑子訳、朝日新聞社、一九八六年（Etty Hillesum, *Une vie bouleversée, journal 1941-1943*, Éditions du Seuil, 1985）。

☆6　ロベール・アンテルムはマルグリット・デュラスの元夫。一九三九年に結婚、一九四七年四月四日に離婚した。このころ、彼女はディオニス・マスコロの息子の出産を控えていた。しかしながらマルグリット、ディオニス、ロベールの三人は、サン＝ブノワ街でみごとな協調関係のもと共同生活を送った。ロベール・アンテルムは数年前から愛していたモニック・レニエと一九四九年に結婚、モニックはロベールの終生の伴侶となる。ロベール・アンテルムはデュパン街での出来事（エピソード）のち、ブッヘンバルト収容所〔ドイツ・ワイマール近郊の強制収容所で、一九三七年開設〕に送られ、そこからガンデルスハイム〔ブーヘンヴァルト強制収容所に属する外部収容所で、北西に一二〇キロほど離れたバート・ガンデルスハイムに開設された〕へ、最後にダハウへと移送された。彼は死に際にMNPGDの仲間たちによって救出されることになる。一九四七年、『人類』を著し、マルグリット、ディオニス、そしてロベール自らも運営に関わる出版社シテ・ユニヴェルセル社から刊行（『人類』宇京頼三訳、未來社、一九九三年）。のち、ガリマール社から復刊。強制収容所の体験に関する最も重要な文学的証言のひとつとなる。『ロベール・アンテルム、「人類」についての未完のテクスト　エッセイと証言』（*Robert Antelme, Textes inédits sur « L'Espèce humaine ». Essai et témoignages*, Éditions Gallimard, 1996）、『記憶の努力をめぐって　ロベール・アンテルムの手紙について』（Dionys Mascolo, *Autour d'un effort de mémoire. Sur une lettre de Robert Antelme*, Éditions Maurice Nadeau, 1988）も参照のこと。ロベール・アンテルムは一九九〇年十月二十五日から二十六日にかけての夜半、長い闘病生活ののち死去した（この日はフランソワ・ミッテランの七十四歳の誕生日でもあった）。フランソワ・ミッテランと彼は生涯、友人でありつづけた。

F・M――彼に会いに行ったとき、わたしを見てはじめてにっこりしてくれました。わたしが会ったときは、まだ話せなかった時期で……ほんの二言三言でね……それでわたしが一方的に彼に話したのです、とりとめのない話をね――そんなとき人がひたすらに没頭する、演技とでも言うべきものをご存じでしょう、あたかも何事もないかのように話すという……彼はわたしの話を聞いてくれたし、口元には楽しんでいる様子さえ見えたけれども。しかし彼はあのとき、話を理解していたのだろうか？　わたしが話して聞かせた昔の出来事を、彼はしかるべき時間と場所に位置づけられたのだろうか？　そうではなかったような気がしますね。

M・D――彼は奥さんのモニック[★3]に言ったそうよ、あなたが会いに来たって。

F・M――それじゃ、覚えていたんですね。少なくともその直後は。

M・D――ええ、でもそのあとがあって、――モニックは彼にこう尋ねたんですって。「あなたはフランス大統領が誰だか知ってる？」彼は知らないと答えた。彼女が「フランソワ・ミッテランよ」と言ったら、彼は憤慨して、モニックに「請け合うけど違うよ……何でもいいけどそれだけは違う。彼はフランス大統領ではない」と言ったって（笑い）。それでモニックは彼に「誓って言うけど、フランソワは共和国大統領なの。誓うわよ」って。彼はとうとう認めたらしいけど、でも本当にそう信じてるのかしら？（笑い）

F・M――共和国大統領になるということは、そのフランソワが十五年間待ちわび、ほとんど悲願ともいえる情熱をもって全力で生をかけた出来事のひとつですからね。『苦悩』[☆8]のなかには、わたしがそうやって生をかけた出来事すべての痕跡となるものが書かれていますが、それらの出来事は驚異的ともいえる出会いが織りなしたものです。同様に、当初においてもろもろのことがらが起こったのはわれわれの小さなグループ[☆9]の周辺だったということにも驚きますね。それから、あの数々の思いがけぬ展開のすべて、あなたとわたしは二人とも証人でなおかつ当事者でしたが、ああするべきだったのか、そうではなかったのか、何をするべきだったのか、などと考えますよ。その後いくつかの強制収容所の解放、とくにダッハウ強制収容所[★4]の解放のためにアメリカのルイス将軍に同行するよう指名され、その場にいてダッハウの解放やSS隊員[★5]の処刑——凄まじい光景でした——を目の当たりにし、さらには収容所内部の、死者たちと苦痛でうめいている人たちが放置された敷地に入ったとなればね。

M・D——死者の館のようなものね。

☆7　当時、ロベール・アンテルムには〔脳〕卒中にともなう重い障害があった。

☆8　マルグリット・デュラスはダッハウ強制収容所から帰還した夫が生のほうへと戻る緩慢な回復の様子を描き、一九七六年、「強制収容所で死ななかった」と題して雑誌『ソルシエール』に発表した。第一号に匿名で掲載されたこのテクストは、一九八五年四月にPOL社から刊行された『苦悩』の初出にあたる。

☆9　フランソワ・ミッテランによって創立されたレジスタンス地下組織MNPGDのこと。

F・M――そう、みんなまとめてそこにうち捨てられていたのです、死者と、まだ完全には死んでいない人たちが……われわれは収容所内部のある箇所から別の箇所へと移動しながらグラウンドを横切りましたが、そこだけが特別というのではなく、他のところもね、遺体を幾人もまたぎました……そしてそれらの見たところは動かない人体が積み上がっているなかから、けれども小さな声が上がって、わたしをファースト・ネームで呼んだのです……もう驚きましたよ！　それは喜びの瞬間でした、しかしそのあと、すぐにというわけではなくてね。誰なのかわからなかったので……

M・D――そこには誰と行ったのですか？

F・M――ポワリエという若い男といっしょだったはずです……それから共産主義の活動家ビュジョー[★6]も。わたしはかがみ込みましたが、誰がわたしの名前を口にしたのかわかりませんでした。みんなで探して、それでこの人だと見つけたとき、誰も彼だと気づかなかった……

M・D――彼はもういちど名前を呼んでみたりしなかったのかしら？

F・M――いえいえ……呼んでいました、そうでなければわれわれは彼を見つけられなかったでしょう。あれはわからない……わからないですよ……わたしはルイスのところに行って「収容者のひとりを今夜パリに連れて帰らなければならない」と言いました。彼らは親身になってくれて、打合せをし、議論をし、いかにあの絶対的禁止をかいくぐるか、とね――チフスが流行っていて医師の診断がなければ外に出ることができなかったものですから。わたしはすぐにパリに戻って、マスコロとベネとボーシャンに会いました。それで即刻、わたしの収容所立ち入り許可証と同じもの（一種の通行許可証）を印刷所で偽造しました。マスコロとボーシャンがそれを持って車に乗り、強行軍でダッハウに向かいました。

M・D――それは知らなかったわ。あなたがパリに戻ってきていたことは忘れていました。

F・M――ああ、戻ってきていました……そのはずです――わたしがいまこんなふうに言うのは空想によるものだとでも？　相手の目をくらますために、二人がロベールにアメリカ兵のユニフォームを着せたことを覚えています。そしてまるで酔っ払いを運ぶようにしてロベールを運んだのです。出口まで、彼らを引きとどめる人は誰もいなかった。彼らはロベールを車に押し込み、猛スピードでパリへと引き返しました。ストラスブールだったと思いますが、彼らはロベールが死んでしまったと思って病院に行ったら、看護師が、いや、彼は死んでいない、けれどももう……と言われてね。彼らはそのまま車を走らせつづけた。一行がパリに着いたとき、わたしはあなたといっしょにあなたのアパルトマンの建物の階段のところにいました。入口正面のステップに腰を下ろしてね。小さな行列がロベールを運んできたとき、まだはっきりとは見えず、あなたは動かなかった。あなたはもう茫然として……それから逃げた。

M・D――あなたがわたしといっしょに階段のところにいたなんて忘れていたわ。あの帰宅についてはほとんどすべて忘れてしまった。彼、ロベールのこと以外はね。ロベールの小さいほうの妹のアリス――マリー＝ルイーズはラーヴェンスブリュックに連行されたから[☆10★7]――もわたしと同じで、彼以外のことを全部忘れてしまったって。マスコロはわたしが洋服簞笥のようなところ、真っ暗な中に隠れていたのを見つけたと言うけど。記憶が完全に支離滅裂になっている。

F・M――彼らはロベールをアパルトマンに運び上げました。前もって医者を呼んであって、医者はすぐに診察を始めたけれども、ロベールはひと晩もたないだろうと言っていましたね。

M・D――あなたは何千キロも移動して、何千人ものなかから彼を見つけ出した……

F・M――わたしのほうはと言えば、彼が逮捕[☆11]されたとき、デュパン街五番地の下、アパルトマンの一階の郵便局にいたのです。一方、彼が移送されたダッハウでは、敷地に累々と人間の身体があり、大部分は死体で夥しい数だったのに、わたしの通りかかったのはなんと彼のそばだったのです。彼のほうはわたしだと気づくのにいったいどうやったのだろう？　わかりません。しかしともかく彼を連れて戻ってきました。まあ、偶然の一致です、よくあります、しかし戦争でのこと、やはり驚くべきことですね、そう思いませんか？……

M・D――思うわ。彼の運命の上にはいつも不思議な精が宿っているかのようでした。だって彼ロベールは導きの糸のように、彼が行きたいところにわれわれを導いて行く人なのよ……デュパン街の郵便局の出来事（エピソード）をふり返ってみたいわ。あなたがそこに寄ったのは、ロベールの妹のマリー゠ルイーズに電話をかけようとしたから。彼女のアパルトマンを訪ねるときにあなたはいつもそうしていた。女性の声があなたに答えて、「お間違いです、ムッシュー」と言った。あなたはマリー゠ルイーズの電話番号にかけなおした。わめくような声が返ってきた。「いい加減にしてくださいい、ムッシュー、お間違いだと言ったじゃありませんか」。それであなたは確信した。ゲシュタポがアパルトマンに踏み込んでいたのだということをね。あなたは考えを変え、わたしに電話をくれた。そしてあなたのところで火が出ている、急速に広がるから十分以内にあなたも逃げなければいけない、とわたしに言った。数分後にわたしが家から出てきたとき、あなたはサン゠ブノワ街の真ん中、アベイ街[★8]とのT字路のあたりにいた。わたしはあなたを見て、ユニヴェルシテ街を通って逃げた[★9]。今日、初めてわかったわ、どこに行ってはいけなくてどこに行かなければならないかをあなたはわたしに示してくれていたのですね。あなたはサン゠ブノワ街で立ちふさがっていた。通りの真ん中に留まっていたあなたの姿が意味していたものを、今日、はっきり読み取りました。あれから四〇年。わたしはそのことを意識せずに、あなたの指示に従ったのです。

☆10　マリー゠ルイーズ・アンテルムは収容所に連行され、生還しなかった。
☆11　「補遺」のジャン・ミュニエの証言を参照のこと。

わたしがラビエ[☆12]と呼ぶ人物の本名をあなたはご存じ？

F・M――いいえ。もとの名、つまり本名はわかりませんでした。彼はフランス名で呼ばれていたし……ともあれ、一連の偶然の重なりについてもう少し話しましょう。あのラビエなる男の逮捕、これもまた普通なら考えられない偶然でした。彼だと特定されたとき、すでにドランシー収容所[★10]出所証明書を持っていた。彼自身、偶然に逮捕されたのでした。ゲシュタポの手先として逮捕されたということではまったくなくてね。彼が逮捕されたのは通りを散歩していたから――あの信じがたい狂気をあなたが覚えているかどうかはわかりませんが、パリでは激しい銃撃があり、みんな「日本人たちだぞ！」と言っていた。ド・ゴールがシャンゼリゼからノートルダムまで行進したとき、わたしもそこにいましたが[★11]、人びとは「日本人たちだ！」と叫んでいました。というのも、屋根の上のどこかにひとりのアジア人がいるところを誰かが見たからしい……それで集団的な強迫観念ができあがったのです。通りで軽機関銃の射撃があると、人びとは「日本人が撃った」と言ってね。警官が通りを通行止めにしましたが、ラビエはそこにいたのです。「身分証明書は？」「持っていません」。ドランシー行き。――明らかに無実ですよ、日本人でもないし、銃も持っていないのに……人びとは彼を釈放しようとする。まさにそのとき、「いや、別件がある」となる。

M・D――あの同じルノード街[★12]で、フィゴン[★13]が見つかりました。フィゴンが警察によって自殺に追い込まれたのは同じ通りなのよね。……知らないけど。

F・M──奇妙なのは、あのラビエのことはわれわれの出会いの帰結であり、払いのけることなどできないということです。激動のあの時期、ずっとつきまとうことになる。もっとも、あなたが情報を送ってきたのはわたしにたいして、ほとんどわたしにたいしてだけです。それでわれわれのあいだに上がってきた問題というのが、つまりあなたはそのゲシュタポの手先と接触しつづけるべきなのか否かということ。当時、あの手先、あのムッシュー（彼が本当のところは誰なのか、わかっていなかった）が、あなたに会いたいと執拗に言ってきた。この場合、会うべきか否か。わたしは何をしなければならないのか。あなたに「接触をつづけて。そのうちに何か得られるだろうし、彼が何を狙っているかがわかるだろう」と言うことなのか。それ

☆12　デルヴァルのこと。（デルヴァル／ラビエとマルグリット・デュラスのあいだに起こった駆引きについては、フランソワ・ミッテラン、ジョルジュ゠マルク・ブナム『途切れた記憶』（François Mitterrand, Georges-Marc Benamou, *Mémoires interrompus*, Éditions Odile Jacob, 1996）を参照のこと。）マルグリット・デュラスは『苦悩』のなかでこの出来事を語っている。ラビエとは彼女がテクストのなかでデルヴァルにつけた名前である。デルヴァルはロベール・アンテルム、マリー゠ルイーズ・アンテルムの他、MNPGDのメンバーの何人かを逮捕した人物。当時指名手配中のモルランの地下組織についてもっとも通じていたゲシュタポの手先のひとり。ロベールの逮捕後、マルグリットは必死に夫を探し、ソーセ街にあるゲシュタポの廊下でこの男に出会う（『苦悩』参照）。彼女は彼を、夫の運命に関し唯一可能性のある情報源とみなした。

は危険な賭けであり、今度はあなたが即刻逮捕されるということもありうる——あなたはあのような賭けには慣れていなかったし、あちらはそれが仕事だったから。それにまた、あなたが教えてくれたところによれば、ときどき彼はわたしのことを話すという。モルランというわたしのレジスタンス名を知っているし、わたしがロンドンにいたことも知っている、と。だがそれまで彼はわたしの顔を見分けられなかったのです。マリー＝ルイーズを逮捕したとき、彼は簞笥の上のわたしの写真を見てとたんに「あいつだ！」と口走った。あの男がわたしを特定したのはそのときです。それまではわたしのことなんて知らない、名前は知っていても顔は知らなかった、彼は写真でわたしの顔を知ったのです。それで彼はいつもあなたに「モルランと知り合いですね？」と言って、あなたの話のつじつまが合わなくなるのを狙っていた……

M・D——いいえ、いつもではなく一度だけ、フロール[★14]でね。

F・M——いや、他にもありましたよ。ブルボン宮〔国民議会〕のそばでお会いしたのを覚えていますか。わたしのほうは自転車に乗っていた。あれはわたしがはっきり覚えていることのひとつですよ。あなたは歩道で彼と立ち話をしていました。わたしは自転車で来たのですが、あなたがいるとは知らなかった。あなたが誰かと話しているのが見えたので、わたしは自転車から降りて（当時はわたしもアクロバティックに自転車から降りたものです）、挨拶をする。「こんにちは、マルグリット、元気かい？」ってね。わたしはあなたの様子が少し……なにか困っているようなのを見て取る。そこにいたのはラビエだったんですよ。つまり、わたしを探していて、あなたに何度か「モルランを知っていますか」と質問した彼。それなのにあそこであなたがわたしを知っていることが明らかになってしまった。わたしがあなたに、こんにちは、なんて言ったものだから‼　あなたがどんな態度をとったかは忘れましたが、しくじったことは自分でもわかりました。それで「さようなら！　さようなら！」と言いながら急いで立ち去りました（自転車でしたから助かりました）。ブルボン宮の前を曲がるだけで、わたしは姿を消すことができました。のちにお会いしたとき、翌日かその次の日でしたが、あなたはわたしに、彼がこう言ったと教えてくれました（彼のポケットに手錠が入っていたかどうかはわかりません）。「ああ！　今回、彼はすんでのところでわたしから逃れましたよ！」でもあなたは疑われることになった、あれ以来、あなたのほうがです。あなたはもうなにも知らないなどと主張できなくなってしまった。

M・D――いま、気がついたわ、そのことは忘れていました……その言葉、彼はどこでわたしにそんなことを言ったのか？　何についての話だったのか？　たぶん彼がデュパン街の逮捕の日のことを話していたときだったと思う。『苦悩』のなかでわたしはあなたのことは語っていないけれど、わたしが取り次ぐことになっていた二人の男のことは話題にしました。★15　だけどそれなら、フロールの話はいつのことだったのでしょう？　彼があなたの写真を見せてくれたとき……

F・M――わたしにもわかりませんが、すべて二週間以内のことにちがいないと思いますよ……要するにラビエとあなたとわたしはもはや関係が切れなくなった。で、その後のことですが……あなたが〔ラビエの裁判で〕証言したとき、あれは彼の側でしたか？　それとも反対側でしたっけ？

M・D――両方です。

F・M――あなたは『苦悩』のなかでそのことをはっきりとは書いていませんね……それでわたしの記憶ともきちんと合わなくて。あなたはラビエの被告人側証人として、次いで検察側証人として証言した。つまり二度目にも同じ小柄な人が出てきて「彼はわたしの友人とわたしの夫を逮捕しました……」と言う。あなただけだと思いますよ。

M・D――順序が逆です。つまり、わたしは彼を苦しめることから始めて、その後、ふたたび証言させてもらいたいと要求したのです。「しかしながら彼は、人びとを、ユダヤ人の子供たちを救いました。そのことをあなたがたに言わなければなりません」と証言したのが第二回目のときですね。

F・M――あなたは唯一の検察側の証人、そして唯一の被告人側の証人でした。

M・D――ディオニスがいて、彼がレストランであの人に目をつけていた。だからわれわれは

二人だったのです。[☆13]

F・M——ところで何年か後に——この話はここで初めて公にしますが——、いかにもパリらしいディナーに出かけたときのこと、とくにフランソワ・モーリヤック[★16]がいて、わたしは彼とは親しかったのですが、それからフロリオ[★17]とイザール[★18]もいたのです。それで会話は誤審について、そんなことは起こらないという話になりましてね。フロリオはエスカレートし、「違う！彼らはみんな有罪だ。有罪判決が下されたら、彼らはみんな有罪なのです……」などと言っていましたが、突然しゃべるのをやめて、「けれども、無実の人間が有罪になったケースも知っています。X……〔ラビエのこと〕とかいう人物です、フランス解放(リベラシオン)のときに……」と言う。その場にわたしがいるとは知らず、彼は話をつづけます。「考えてもみてください、ボニー＝ラフォンの一味[★19]の訴訟に加えられて重罪者になった男をね……」。——彼は一味の国選弁護人で、そこにX……も加えられた。つまりX……を同時に弁護したのはフロリオということになる。フロリオはわれわれにこう言いました。「書類にはなにもなかったのですよ。X……がどんな人物かなんてあまりよく知られていないし、明らかに彼はかかわっていなかった……」。ボニー＝ラフォンの一味にラビエが加わっていなかったのは本当です。「そうしたらひとりの女性が証言しましてね」。彼が「気違い女」と言わなかったかどうかも、もう忘れましたけれど……。「彼女は検察側に立って、X……はあれをしました、これをしましたと言ってね、それで同じ女性が今度は『けれども彼はまた……』と言い出して。これにはわたしも非常に驚きました。結局、あの男は有罪となり、ボニーやラフォンと同時に銃殺されたんですよ」とフロリオは言うんです。

まあ、みんなびっくりしていましたね、お互いに。それでわたしはそのあと口を挟んで、こう言いました。「親愛なる先生、あなたがおっしゃる唯一の無罪つまり誤審のケースは、それに該当しません」。わたしは自分の経験を話しました。あれは十年から十五年後にむしかえされたことになりますね。

M・D――ラビエには会いませんでしたか、あなた自身は、法廷で。

F・M――いいえ、わたしは裁判には出ていないので。あ、いえ、彼には三度会いました。彼がわたしを逮捕しにやってきた日ですが――しかしあのときラビエはわたしだと気づかなかった――、わたしの代わりにジャン・ベルタン[☆14]を逮捕しました。あとの二回はあなたといっしょにいたときです。あの男が逮捕されたとき、わたしは一晩じっくり話をしようとジェーヴル河岸[★20]まで行ったのです。いましたよ、無精ひげが伸びていてね。彼は、一九四四年二月にわたしがイギリスから帰国して以来、わたしを探していたと言いました。で、拘束され、処刑される運命にある彼に話しかけるのはわたしのほうになりました。われわれは心の底から語り合いました、かなり自由な精神でもってね。わたしはどうやってあの男がわれわれの仲間を見つけ出す

☆13　ディオニス・マスコロはデルヴァル／ラビエの処分を請け負っていた。デルヴァルがマルグリット・デュラスと昼食の約束を取りつけた日に、ディオニスはひとりの若い女性、ニコル――ディオニスらの隣人で初期の頃からのレジスタンス活動家であるシュザンヌ・クーランの娘――を連れて、デュラスとデルヴァルの近くに座る。彼の目的は、処刑に向けてデルヴァル／ラビエを特定することであった。だが、ディオニスはラビエを処刑せず、結局、デルヴァルはフランス解放（リベラシオン）のさい、ＭＮＰＧＤによって偶然、発見される。親独的な考え方が原因で隣人から告発された彼は、ドランシー収容所から釈放されようとしていた。彼が近々出所することを知り、阻止するためにマスコロがドランシーに向かうのは一九四四年九月一日のことである。ディオニス・マスコロはデルヴァルをミッテランとともに尋問するため、ＭＮＰＧＤがおさえていたボブール街〔パリのポンピドゥーセンター付近〕のホテルにデルヴァルを連行。彼らはデルヴァルの拘禁を指示するが、あの粛清の時代に広まっていたやりかたとは逆に、彼にはいかなる暴力も加えることはなかった。ミッテランは組織のなかで誰が裏切ったかを知りたがり、デルヴァルだけがそれに答えられる状況にあった。しかしミッテランは、裏切り者の名前も、デルヴァル有罪の証拠も得ることができなかった。もっとも、デルヴァルは考えられていたほどに重要人物ではなかったようである。おそらくフランソワ・ミッテランも最終的にはそのように捉えていただろう。一九四四年九月十四日、シャルル・デルヴァルは司法警察に引き渡された。予審は、セーヌ県第一審裁判所判事ジェルビニ氏のもとで行なわれた。シャルル・デルヴァルは、ドイツ人らの命令に従ったソーセ街の手先を自称し、ロベール・アンテルム、マリー＝ルイーズ・アンテルムの他、デュパン街でＭＮＰＧＤメンバーの逮捕に関与したことを認める。デルヴァルはまた、ソーセ街のドイツ人を介し、ドランシーやコンピエーニュに連行されたユダヤ人らを金銭的取引によって釈放したと語っている。訴訟のあいだ、マルグリットの愛人であるマスコロはポーレット・デルヴァルと親しくなり、子供をもうけることになる。いわゆるシャッセクロワゼである。

ところまでいったのか、それが知りたかった——なにしろ、あの男はわれわれのグループに大きな被害をもたらしましたから……スパイが一人や二人はいることを疑いましたし、もっとも、いまでもそれを疑っています……

M・D——またあの人に決まってるわ、名前は言わなくて結構。あなたも知っているでしょう。「わたしの机の中、右側一番目の引き出し、そこに名簿があります……」とラビエに言ったのはその人ですよ。これを話してくれたのはラビエよ。われわれはフランス解放（リベラシオン）のとき、あの裏切り者を殺してやろうとした——覚えてるわ、ヴェリエール〔＝ル＝ビュイッソン〕★21の強制収容所捕虜の保養施設で彼を殺すべきだった。もしかしたら夜にやっていたかもしれない……でも幸い、ロベールが帰ってきたあと、満場一致でそうしないことに決まった。ラビエはドイツ人だったわね？　ご存じ？

F・M——みんなそう言っていました。彼はドイツ人だった、そして戦前に亡くなってかなり時間が経っているニース出身の人物の身分証明書を携帯していた……。当然のことですが、みんなの記憶はぴったり一致するものではなく、脆い記憶のフィルムのうえに焼きつけられたものですから変化していきます。しかし結局、横糸は厳密に同じですがね。

M・D——ええ、だけどフロールでのことが、国民議会〔ブルボン宮〕わきの出来事の前だったかあとだったかはもう知りようがないということについては、ちょっと別。わたしにとって、フロールはまさに取引の場所だった。どうやって切り抜けようか、なんてあそこでは思わなかったわよ。だって、〔国民議会わきの出来事がフロールでの逢引きの前なら〕ラビエはフロールでわたしに「あなたは彼に会った、わたしがあなたといっしょにいたときに、あなたは彼に会いましたよ」と言ったでしょうに。〔それでわたしはどうやって切り抜けようか考えたはずだけど、実際にはそうではないから〕だから国民議会わきでの話はフロールのあとですよ。

F・M——たしかに、それはあとになるはずですね。国民議会わきの一件があってはじめて、ラビエはわたしのことを知り、正確に特定することができるわけですから。それに、われわれの友人関係もね。だってあのとき、わたしはなんの遠慮もなく行きましたから。「ああ！こ

デルヴァルには死刑判決が下るが、その書類に見るべきことがらはなく、証言は矛盾していた。彼は一九四五年初頭に銃殺された。

☆14 ジャン・ベルタンはMNPGDのメンバー。一九四四年四月以降、レジスタンス活動の中核にたいする追跡の精度は徐々に上がっていった。六月一日、組織の重要会議がパリのシャルル＝フーケ街〔シャン・ド・マルス公園わきを通るシャルル＝フロケ（Charles-Floquet）街の誤り〕で行なわれることになる。アパルトマンの入口のベルが鳴り、ミッテランが扉を開ける。ひとりの男がベラールと話したいと言う。ベラールとはジャン・ベルタンのレジスタンス名。ミッテランはこれを信用し、彼を呼びに行く。男はベルタンにピストルを突きつけ、ついてくるように命じた。フレーヌ刑務所に収容されて、暴行を受けたベルタンは、八月にドイツに移送された。ジャン・ベルタンの連行と同じ日にロベール・アンテルムも逮捕された。

んにちは、マルグリット！　お会いできてうれしいなあ！……お元気ですか？」すんでのところでわたしは話をつづけていたかもしれない。「じゃ、今夜、また会いましょう」とかね。恐ろしいことになっていたでしょうね（笑い）。

M・D――あなたはあの恐怖を覚えていますか、われわれが日々、つねに感じていた恐怖を。

F・M――恐怖以上の、耐えがたい苦痛でしたね。

M・D――死の恐怖、撃ち殺される恐怖。昼も夜も、毎日。

F・M――しかしわれわれがその状況を作ったのです。そして人はそれを呼びたいように呼ぶ。でもそれはわれわれが作ってきた。おそらくそれはわれわれの興味を引いたからでしょう。好奇心が恐怖に勝（まさ）っていたのです。あのころはどこも混乱状態でした。レジスタンス運動の大部分において、すでにリーダーたちは逮捕されていた。組織のメンバーが大勢殺害された。かりに、連合軍上陸やパリ解放（リベラシオン）がなくても、新しい世代が立ち上がっただろうことは間違いありません。けれども当時の若い世代、つまりわれわれの世代は力の限界に達していた。だからこそあの状態でとどまったのです。そしてわれわれはパリにとどまっていたのでもあった。六ヶ月間、オーベルニュ[★22]の片隅に退去することもできたかもしれず、そうすれば誰もわれわれを摘発しなかったかもしれない。でもそうはせずに、われわれはみんなパリに残ったのです……

M・D――あなたが忘れたにちがいないことがひとつあります。そしてすべてを忘れるわたしがはっきりと覚えていること。わたしたちが初めて会ったのはここ、このアパルトマンでのことですよ。あれは夜遅くだった。あなたたちは二人で来ていました。そして居間の暖炉の前に座った。ストーブの両側にね。ストーブは古い油のバレル缶で作られたもので、なかに固く丸めた新聞紙を詰めて燃やした。わたしはあなたたちになにか食べるものを出したかどうか、もう思い出せない。マスコロがいた。あなたたちは三人で話したけれど、ほんの少しだけだった。それからいきなりあなたが煙草を吸って、部屋にイギリス煙草の匂いが広がった。わたしがもう三年間嗅いだことのないあの匂いだった。わたしは理解できなかった。それで叫んだのです。「あなたったらイギリス煙草を吸うのですね!」あなたは「ああ、すみません」と言った。そして煙草の箱をポケットから出し、いま吸っていた煙草といっしょに、全部火の中へ投げ入れてしまった。それからすぐに、あなたたちは三人で別のことを話し出した。その晩、わたしはマスコロに、ロンドンってまさにわたしが思っていたとおりね、と尋ねた。彼は、さあ、と答えた。わたしはイギリス煙草の由来についての説明を聞いたことなどないけれど、でもあの夜、わかったの。われわれはレジスタンス運動に加わってしまったんだ、そうなんだって。

けれどもあなたがどこで寝ていて、どこに住んでいるのかは知らなかったわ。

F・M――わたしは十カ所ほどを住処としなければなりませんでした。しかし一時はマリー=ルイーズの家に住んでいましたよ。

M・D――このアパルトマンに住んだことはなかった？　ロベールの逮捕以前も？

F・M――いいえ、ここには住んだことはありません。しかし昼間にはたびたび来ました。ここはいっぱいだったということも話しておかないとね！　何にせよマルグリットの名誉を傷つけたいわけではないけれど、ただ、彼女に会いに来る若者たちがたくさんいたということは言っておかないと。マルグリットがどうやってみんなを迎え入れていたのかはまったくわかりませんが、彼女は関心を引いたのです……関心を引くというのはね、ありえないほどの慎みをもって話すと、そういうことになります（笑い）。だから、ここはとにかくいっぱいだった。わたしはマリー＝ルイーズのところにはある程度の期間、住んでいましたが、それほど頻繁に寝泊まりはしなかった。わたしがどこに寝泊まりしていたかまったく知らなかったとあなたが言うのなら、ひとつお話ししましょう――それについては、もしかしたらあなたにとって不愉快なものでありえたかもしれない、とわたしがそう思わなかったわけでもないようなことなのですが、しかし『愛人』を読んで以来、そうではないだろうと思うにいたっています――あなたがお兄さんについて『愛人』のなかで語ったその語り方を見て、わたしはかなり自由に考えるようになりました。[☆15]　わたしは小さな住まい、つまり部屋をひとつもっていました……

M・D――それがどこだか言いましょうか……ヴィクトワール広場[★23]よ……誰かがあなたに提供したのですよね。そしてのちに、あなたはわたしにそれを提供した。わたしは兄にそれを使わせた……そうでしょう？

F・M――そうです。あなたは「兄をどこに泊めたらいいかわからない。あなたは出発する……あなたのステュディオを彼に使わせてもらえませんか？」とわたしに言ってきた。わたしは彼にそれを明け渡しました。一部屋だけの、建物の一階のとてもきれいなところでした……それでわたしが戻ってきてみたら、中にはなにもなくて、完全に空っぽだったんです。

M・D――全部お金に換えてしまったのよ。

F・M――たいしたことはなかったですよ。けれども結局、なにも残らなかったですね、なんにもね。

M・D――三ヶ月間わたしが通いつめたゲシュタポの手先の記憶に関しては、恐怖が非常に激しく、思い出のなかでも変化することがないほどです。度が過ぎていたのです、たぶんね。死にかかわる恐怖だったし、恐怖で死にそうになったし、恐怖で痩せ細った。けれども、わたしには恐怖についての楽しい思い出もあります、もっとあとの、フランス解放（リベラシオン）のときのこと。ジャコブ街とボナパルト街[★24]の十字路で、クロード・ロワ[★25]と再会したとき、二人でセーヌ川に向かって進んだ。みんな想像できないでしょう、ボナパルト街がどれほどまっすぐか。あの廊下の

☆15　マルグリット・デュラスと兄の関係については『愛人』（清水徹訳、河出書房新社、一九八五年、*L'Amant*, Les Éditions de Minuit, 1984）を参照のこと。

ような街路で、セーヌ河岸方面から撃ってきましたから。ドイツ人かフランス人かわからなかったけれど。それでわれわれは、正門から正門へと進んだのです。気違い沙汰だ、じっと待機するべきではなかったのかって。まさか。楽しい思い出ですよ。少しも引き返そうなんて思わなかった。何を危険にさらしているのかわかっていて、即座にそれをやろうと決めたのです。わたしたちは自由でした。一方で、ラビエとのことについてはわたしは彼次第だったのです、完全に。

F・M――真実はつまり、成し遂げることの困難なあらゆる行為は、それが始まる前にのみ困難であるにすぎない、ということですね。行動が始まれば、もはやそれは困難ではない。

M・D――そうです、まさにそう。戦争も、そうにちがいない。

F・M――その場合、先立つあの感情はどう呼ぶべきか。強迫観念、恐怖、苦悶、神経の緊張、手首の痛み、汗……そう、しかしそれでもわれわれはいぜんとして行動をつづけた。このことはわれわれが英雄だったことを証明するとか、英雄になりたいと考えていたことを示す、などとは言いません。ただそれが好きだったのです。

M・D――あなたの言い方にならえば、われわれはみんなと同じ精神を持ち、みんなと同じ格好だったと……。

F・M――もちろんですよ。ゲシュタポからぎりぎりのところで逃れたときには心臓がしばらくどきどきしたものです……

M・D――そして彼がわたしにあのようないたずらを仕掛けてきたときには……。あなたはあれを読みましたか、わたしの本を。[☆16]

F・M――あなたはさっそくその本を送ってくれましたからね。真っ先に開いておしまいまで読みましたよ、あそこで、エリゼ宮〔大統領官邸〕でね。あの歴史＝物語をたどり直したのはこの四〇年間にたった一度しかありません。イエール[★26]で、ビュル・オジエ[★27]とね。

M・D――ラビエがわたしに「あなたの夫を逮捕して今日で二週間になりました」と言い、そしてまたドイツの脱走兵の逮捕についても、わたしの夫の逮捕と同様に「その脱走兵と知り合いになって二週間経ってみると、彼はわたしの友達になっていました」と言ったとき、凄まじい恐怖が思い出のなかに入り込んでそこに居座り、わたしはこれほど死の近くにいたことはありませんでした。ボナパルト街での恐怖なんて、あれとくらべれば子供の恐怖だわ。

F・M――行動はつねにわれわれを解放します。しかし同時にまた、もしもいきなり新たな危機的状況に陥り、もはやいかなる脱出のチャンスもないと思われたとき、そこでの極限的な悲劇とは、死、いや、それ以上のもの、つまり終りであるのです。冒険の終り、友人であること

☆16 『苦悩』（田中倫郎訳、河出書房新社、一九八五年、*La Douleur*, P. O. L, 1985, reprise en Folio, 1993）。

の終り、ともあれ情熱的だったその生の終り。終り。そして次に、それとは別の何かがやってくる。この先どうなるのだろう、処刑か、とか、強制収容所への移送になるのか、など……人はすぐさま全面的な隷属状態に陥ってしまいます。もはや自由に振る舞えない。あなたのために決定するのは、他者。そしてその他者とは、敵。ひとつの状態から別の状態へのほとんど一瞬のこの変化は恐ろしいことです。逮捕されていない、自由だ、つづけられる、翌日の計画がある、そしてすべてが終わる……梗塞にかかり、あなたに三分間の命が残されたとき、まだしっかり思考できるほんの数秒間に、この茫然自失を味わうにちがいない、それをわたしは考えます。そのとき、人はわかっているのです。もはやいかなるものも以前と同じではなくなること、立ち塞がる障害にぶつかったこと……。これです、あやうく連行されそうになったときにわれわれを襲うのはこの種の感情だと思います。

M・D――ギャングたちはどんなふうに感じているのかと思うわ。

F・M――彼らもそうした感情を抱いているにちがいありません。ある日のことを思いだします。当時、わたしはギヌメール街[★28]に住んでいたのですが、家に帰ると、ひとりの若い男がわたしの車の中にいることに気がつきました。初めはあまり気にも留めず、そもそも、わたしの車の中に誰かがいても、すぐにはそれが泥棒だとは思いませんから……しかし次の瞬間、そう、彼が車内を物色していたのだと気づくのです。若者だったのですが、わたしは「何をやってるんだ?」と言った。それでまあ、そのかわいそうな青年は逮捕されることを恐れていましてね。悲惨なほど怖がっている! 彼は何を取ったのか? 帽子? 傘?……わたしは彼に言いました「失せろ、そしてもっとよく考えろ。」彼の途方もない恐怖を見て、わたしは彼に哀れみを感じてしまった。しかしこれはわたしにたいする恐怖ではありません。わたしが殴ろうとはしないことを、彼は知っていました。そうではなく、あれは終わることへの恐怖だったのです……

あのときについての書物を公にするまで四十年のあいだ、あなたは待ちました。じつはもっと前にあなたはそのことを書いていたけれども、外在化された話ではなく、あれはあなた自身と向き合ったあなたの話なのであって、あなたと他者との話ではなかった。そしてわれわれはこの四十年間、わりあいよくお会いしましたが、あのことについて実際にはまったく話しませんでした。われわれのものであるあの歴史=物語について互いに語り合うことはなかったですね——イエールでの対話を除いてですが。あのときはいい天気でした……

M・D——そのイエールで、あなたはとりわけダッハウでのエピソードを話しました。パリでのものではなくて。

F・M——あなたはパリでの話を書いていたけれど、でもまだ公表はしていなかった。なぜですか。

M・D――その抜粋を『ソルシエール』[★29]という女性雑誌に渡していたんです。ロベールが回復して物を食べるようになったときの、食べる様子についてのテクストです……彼は機械のように食べていた……おわかりのとおり、わたしはあの戦争日記が公開できるものではないと確信していました。だから発表するなんて考えてもみなかった。ところがある日、それを読み返したのです。『アウトサイド2』[☆17]という次のテクスト集に載せられるものがあるかどうか調べてみようと思って。これは一冊の本になる、と気づいたのはそのときです。それまで本にしなかったのは、ラビエの子供がいたからだというのも確かなことです。その子は父親が銃殺されたときに六歳だったのです。

F・M――あなたから送られてきた質問を読みましたけれど、そのなかにはこんなことが書いてありました。ラビエは死刑を言い渡された、刑は執行され、そしてわたしはいまでもそれを悔やんでいる、と。

M・D――あれは避けられないことだと思っています。いまでも、いずれにしてもね。わたしも含めて、みんながわたしのことを心配していた。あなたもですね、わたしの身を案じていた。みんな互いにこう言い合っていた、彼女〔マルグリット〕がレジスタンス運動に参加していることにあの男が気づいたら、終戦時に彼は彼女を撃ち殺すだろう、と。したがって彼かわたしか、だった。あの時期に問われていたのはそれだった。あの二つの選択肢、あれはいまでもぞっとするわ。

F・M――さきほどあなたにお話ししようとしたのはそのことです。まず、以下のような問いがあったのです、つまり、彼女は彼に会うべきなのか、会うべきではないのか？　そして次にこうした問いがあった、すなわち、彼女は彼にふたたび会うべきなのか、ふたたび会うべきではないのか？　あなたは規律を守り、そして「何をすべきか言って」と申し出てきた。当時、わたしは少々驚きさえしたのです――それはあなたのいつものやりかたではありませんでしたから。あなたがわたしに聞いてきたのはあなたの安全のことではなかった。それはあなたを通じてわれわれが別の手がかりにつながりうる一本の糸を手にしておくための問いだったのです。連行された仲間について得られる唯一の情報元は彼、ラビエでした。彼から情報を引き出すことができた。慎重にも慎重を重ねての熟議の結果、あなたにはラビエと会いつづけるという任務を果たしてもらうことになりました。わたしはあなたにこう言ったのを覚えています。「彼は、あなたから情報を引き出せると考えるだろう、だが情報を得るのはわたしだ」。だからあ

☆17　『アウトサイド』（佐藤和生訳、晶文社、一九九九年、*Outside*, 1981, Albin Michel, reéditeé chez P. O. L en 1984）。マルグリット・デュラスが言及しているのはこの再版である。〔デュラスには一九九三年刊行の『外部の世界・アウトサイド２』（谷口正子訳、国文社、二〇〇三年、*Le Monde extérieur Outside II*, P. O. L, 1993）もあるが、本文中の『アウトサイド２』とは、一九八一年初版の『アウトサイド』が一九八四年に再版されたものを指している。〕

なたは会いつづけた。しかし実を言えばわれわれはつねに不安で、「気の毒に。警察のあらゆることに関して、あの男は彼女よりもよく知っているからな」などと話していました。

M・D――でも彼はわたしよりも賢くなかったし、彼とわたしの二人ともそれはわかっていたわよ。

F・M――彼をもう少しで銃殺するところだった日のことを覚えていますか？　レストランのテラスで。

M・D――レ・ドゥ・マゴ[★30]の前ね……だけどここだって、玄関からつづくところにあるこの部屋の中だって、短機関銃があったかもしれないわよ、箪笥のところにね。……彼がわたしの家で会う約束をしたならね、とてもではない、ありそうもないことだけど。

F・M――わたしが知っているのは、三人の男がそれ[☆18]を請け負っていたということ。つまりあなたたちを尾行して、あなたたちがどのあたりにいるのか探っていた。あなたも――マスコロに――どこに行く予定なのかを伝えていた。だけどわたしはレ・ドゥ・マゴのことは覚えていないですね、別のところだったように思いますが……

M・D――レ・ドゥ・マゴも関係があるわよ。わたしはマスコロに、ラビエとわたしが、いつもレ・ドゥ・マゴの前を通るのだということを伝えてあった――ラビエは小さな通りではなく、大通りや広場のほうを好んだ。逃げることができるようにね。でも、わたしは銃殺が計画されていたことはいままでまったく知らなかった。誰もわたしに知らせてくれなかったし。それでいいのだけれど。

F・M——われわれは殺し屋じゃありませんでしたからね。しかしあれは、われわれにとって深刻でしたよ、ラビエはもっともよくわれわれのグループ全体を知っている男だったし、すでに十四人の仲間を彼は逮捕していたから。それから、あなたのこともあった。だからわれわれは彼を始末することに決めた。夜になって、わたしはその攻撃隊のリーダーが戻ってくるところに出くわしたんですが、彼が言うには、「どうもうまくいかなかった——なぜかって?——彼らが到着したときには警察もすでにそこにいて……」そしてこう付け加えました。「だけどもあれなら簡単です、奴と小柄な女性を、俺たちがやってやりましたさ……」(笑い)

M・D——なんて恐ろしい。でもそれなら知ってたわ。あなたが話してくれたことがあった……で、忘れていた……信じられない、忘れていたわ。

F・M——「彼と小柄な女性だって? 彼らは逃げたんじゃなかったのか……」わたしは彼に言いました。「いったい君らは何を話しているんだね?」われわれのレジスタンス仲間は加熱しすぎて、もう少しであなたたちを撃つところだったんですよ、もう! だからやめたんです、

☆18　ミッテランはMNPGD内の遊撃班リーダーであるミュニエに、マルグリットの護衛を担当させていた。

あの若者たちは分別に欠けるという話になり、もう雇うのをやめました。

M・D――そのあと、あれは占領時代も終りのころだった、マスコロとひとりの女友達、ニコル・クーラン――いまのフィリップ・ボシャール夫人[★31]――が、サン＝ジョルジュ街[★32]のレストランに、ラビエを確かめに来た。いつも事が進展するのは最後の最後で、狂気の沙汰だったけれど、ときどきうまくいったわ。ラビエはぎりぎりになってから会う約束をしたものだった。だからわたしは土壇場でマスコロに待ち合わせ場所を伝え、もちろん彼も直前に電話をくれた、等々。ところで、ロベールはどこで逮捕されたのでしたっけ？　わたしは彼とヴィユ＝コロンビエ座[★33]で会う約束をしていたような気がするけど、もう忘れたわ。

F・M――彼はデュパン街五番地で、他の三、四人といっしょに逮捕されました。ジャン・ミュニエ[★34]に尋ねてみるといいかもしれない[☆19]。逃げおおせた唯一の人物でいまも健在だから。ジャン・ミュニエは彼らといっしょにアパルトマンにいて、ゲシュタポが入ってきたとき、とっさに――彼は運動神経が抜群で勇敢でもあった――人がいるところをかきわけ、見張りの奴らを突破して階段を駆け降り、デュパン街に出て助かった。わたし自身、彼とその夜遅くに会った。彼は話してくれましたよ。全容の詳細がわかったのは彼のおかげです。

M・D――ロダン[★35]だったかしらね？　そう、巨像みたいな人だった。園芸家だったわね。彼はとてもハンサムだった、覚えていますよ。

F・M――昨日も彼に会いましたよ、いまもとてもハンサムです……七〇歳ですが、テニスでたくさんの人を打ち負かしそうですね……彼にはこの類の間一髪の出来事がいくつかありました。ストヴェルランクが彼のアパルトマンで殺されたとき、ジャン・ミュニエは彼といっしょにいました。ストヴェルランクは帰宅し――ふだんは扉を開けに来るのは妻でした――、ベルを鳴らした。扉が開いて、その瞬間、軽機関銃の連続射撃。ジュヌヴィエーヴはすでに逮捕されていて、扉の向こうにいたのはドイツ人らだった。ストヴェルランクは即死し、ジャン・ミュニエは手を撃たれただけ。彼は階段を駆け降りて逃げました。

M・D――セーヴル街のほうに逃れるまでデュパン街のあの恨めしい長さを走ったわけ？

F・M――そう、だけどデュパン街はまだ警戒されておらず、通りも監視されていなかった。ドイツ警察はあの上のほうで何が彼らを待ち構えているかなんて考えもしなかったのです。ミュニエは苦もなく降りられた。わたしのようにね、わたしもまた一階の郵便局にいて、誰にも捕まることなく逃げることができました。

M・D――落ちついて抜け出すことができた。

F・M――ええ、そんな感じですね。なにも起こさないようにしなければなりませんでした。

☆19　付録のジャン・ミュニエによる証言を参照のこと。

わたしは即座に考えました。「しかし彼らは通りにいるにちがいない」。で、もう目をつむるしかなかった。ジャン・ミュニエはね、逮捕を目撃したのです。ゲシュタポが入ってきたとき、彼はそこにいた。ロベール、マリー＝ルイーズ、ポール・フィリップ夫妻、そしてわたしの知らない……もう覚えていませんが……。ポール・フィリップ夫妻には何週間か前に会いました。

フィリップは収容所から戻ってきました、生きて帰ってきました。彼の妻は妊娠していたので釈放されました。彼女は強制収容所に送られなかったのです。彼女はユダヤ人ではなくて……奴らはフランスの刑務所に彼女を残し、彼女は強制収容所に送られなかったのです。そして彼のほうは生還した……だから、あのときの様子を知らせてくれる証人は、それなりにいますよ。

M・D――われわれの生活がどうだったかなんて理解できないと思いますよ、人びとにはね。友達の家に行くことができなかった。そういうことなんてもうなかったのよ。ほんの三つほどの情報を交換しようと思ったら、お互いに電話し、それから外に出て安心できる場所で会わなければならなくて、何時間もかかったのですから……

F・M――そして他人の住所をむやみに知ったりしないように極力気をつけましたね。逮捕されて知人の住所を言うよう仕向けられるのをみんなおそれていました……いっそ知らないほうがましだった。

そろそろミシェル・ビュテルは次の対談の日時を決めなければならないかもしれませんね、

そしてまた話をつづけましょう……実際に話すべきことは、今度お会いしたときに決めましょう、こんなふうにいまの話の続きを語りながらね。

M・D――ひとつ質問してもいいですか？　わたしはすでに発売されたある新聞で言いました。われわれ左派は非合法的な共和国大統領を選んだ、と。レオン・ブルム[★36]、マンデス・フランス[★37]、そしてフランソワ・ミッテランは非合法性＝地下組織性に属しているとわたしは考えています。あなたにはわたしが意味しているところをわたしに説明していただきたいと思うのよ。この考えは猛烈な勢いでわたしのところにやってきたのだけれど、自分ではうまく説明できないので。わたしはあなたを他の人と同じだとは思っていません。ブルムもマンデスもあなたも、他の大統領と同じではない、つまりフランス共和国大統領という地位にあったいかなる人たちとも同じだとは思っていないのです。

F・M――あなたがいま言ったことをわたしなりに理解しようとすると、まず、結局のところ左派が共和国大統領を出すというその一件だけで、あなたには異常なことに見える……

M・D――ほとんど逆説的に、そうですね……

F・M――よって、それは非合法性＝地下組織性の、逆説的ではあるけれどもある種のかたちである、と。通常、歴史的にはそういうかたちはあってはならないのかもしれない。だがそれはある。そして歴史は――あなたはこれを、次の選挙についての悲観的な見解だと言うのでしょうが──宗教裁判のごときものに戻ろうと強く望んでいます。フランス社会の主流派に関してはたしかにそう感じられますよ、あなたの話は非合法運動＝レジスタンス運動時代のことを指しているとしてもね。一九八一年の大統領選の結果を承認することにたいする、右派、そして社会支配層からの、あの過度の拒否。それにともなう、ときにその結果として露わになる憎悪、そして熱に浮かされたような激しさを見せる行き過ぎた陣営、人びとはそれらを厳しく非難することはありませんでした。つまり彼らもまたその感情を持ち合わせていたのです。

さて、あなたは非合法的陣営と言いますが、わたしは次のように解釈します。彼らはそこにいる、だが彼らはそこにいてはならなかったのではないか……だが非常にまれなことがこうやって起こってしまった。最初の革命、すなわち一七八九年の革命以来、左派は四度しか権力の座についていないということを思い出さねばなりません。一八四八年に四ヶ月、一八七〇年にパリでのみ二ヶ月、一九三六年に一年。そして一九八一年。[★38] ゆえに、一七八九年とそれにつづく数年間のあと、初めて左派が持続的に統治している政府、それがわれわれの政府なのです。二百年間で初めてですよ……したがって、あなたが非合法的だと言うとき、それはわかります、しかしわたしは異議を唱えます。フランス人民の隠れた意思がここに明らかになったと言おうではありませんか。

第2章　海の手前の最果ての場所

一九八六年一月二十三日[☆1]
エリゼ宮にて

マルグリット・デュラス（以下、M・D）――現在、四〇%のフランス人が、今度の選挙の投票[★1]は一回だけだということがわかっていません。一方、三〇%のフランス人が、この選挙で選ばれるのは共和国大統領だと考えています。そして二五%のフランス人が、今度の選挙ではフランス国内の市町村長を選ぶのだと思い込んでいます。

フランソワ・ミッテラン（以下、F・M）――そうであるなら、彼らの情報を補っていかなければなりませんね。わたしが若手議員だったころ、ニエーヴル県の小さな市で行なわれたという調査のことを聞かされたのですが、そこでこんな質問がなされていました。「いまの政治体制

☆1　一九八六年初頭の政治的背景としては、左派にとって厳しい立法議会会期終盤となったことが挙げられる。フランスは内政において経済的社会的困難に直面。国際的にはイギリスのマーガレット・サッチャーとアメリカのロナルド・レーガンが急進的自由主義に親和的な政策を強力に推し進めていた。

は何ですか？　共和政ですか、それとも君主政ですか？」答えは分かれました。あのような単純な事柄を浸透させるのは非常にむずかしいですよ、非常にね。そして三五〇〇万人の――あるいはもう少し多いでしょうか――有権者に向けての情報、これは抵抗を引き起こします、空気のようにね。空気は抵抗すると習いましたよね。密度があるのです。

M・D――戦後ですが、教育に関する調査のなかで、スイスの老女にたいし、中国はどこにあるか知っていますかという質問がなされました。彼女は、知っている、あっちにあると答えました。目の前のあの山の後ろにある、とね。

F・M――そうなのです。わたしなど、中国の内陸のとある町の道端で「フランスについての話をお聞きになったことはありますか」と尋ねました。人びとは、それが何なのか知らなかった。ヨーロッパの人たちが羨ましがりそうな話です。

M・D――一九二〇年のブルターニュでは、一九一四年から一九一八年にかけて戦争があったということを知らない人びとがいましたよ。

F・M――政治的なメッセージを発することがいかに複雑なことか、これでおわかりでしょう。

M・D――わたしはテレビニュース視聴に関する調査を読んだことがないのですよ。テレビニュースをコマーシャルであるかのように受け止めている人たちが、かなりいるにちがいないわ

……

F・M——そうは言っても結局、最近は動員につながる要素があるので人びとは投票に行くでしょう。大統領選のように、一対一でやり合うというすっかり劇場化された選挙では、投票率が八八％に達することもありました。[★2] 国民議会議員選挙は少し数字が落ちますが、投票率の八〇％に達するならそれは国民の意思を代表しているとみなすにふさわしい。すでに地方選挙ではパーセンテージがより低くなっています。次の三月の国民議会選挙で以前よりも投票する人が減るとなれば、これは正常ではありません。一部の左派の有権者は家から出ないだろう、彼らは失望したから、とも言われています……たしかにそれはありえますが、しかしわたしが考えるに人びとは意識をもち始めており、棄権は減少するでしょうね。

M・D——あなたはフランス人を実際にわかっているのかしら。

F・M（笑い）——わたしが彼らの実際をよく知っているかどうかはわかりません。彼らをきちんと理解していると信じていますよ、なぜならわたしはフランス人ですから。他のフランス人を理解するには、自分をよく見ればいいのです。

M・D——フランス人とは何でしょうか。気まぐれな人びと？　衝動的な人たち？

F・M——人びとが言うところの国民的美徳とは、かなり自尊心をくすぐる言葉ですが、しかしこれは一貫してあることだと思っています。フランスは、ケルト人がわれわれの土地に住んでいたころの時間の痕跡をとどめつづけている国であるとわたしは思うのです。そして結局は、この要素が他のすべてを支配しています。フランス人はいまも二〇〇〇年前と変わらないのです。ありとあらゆる類の侵略や移民にもかかわらずね。フランスに関して人びとがすっかり楽観していられるのもこのためです。やって来る人たちを同化し吸収するフランスの能力を目の当たりにするわけですから。それは今日の移民の人びとを考えると、よくわかります。彼らが社会に同化するにはたった一世代ですむのです。引き算ではなく、いつも足し算でやってきたんですよ。これがケッセルリンクの大地の力、土の恵みというものなのか。それはこの土地の最初の征服者固有のやりかたであったのか。わたしにはわかりません。われわれはケルト人のすべての欠点、そしてときおりは彼らの長所、つまり保守的な民衆でありながらも少々熱狂的で矛盾を孕み、革命的でもあるという側面を受け継いでいます。そうです、これらすべては、ヴェルサンジェトリクス[★3]からその優位性を奪おうとやってきた部族のあいだでなされる議論や争いのなかに、すでに見られるのです。

M・D――そして、エヴリーの重罪院でのクノベルスピース[★4]の裁判[☆2]のような、あの驚愕のなかにも。そこにはありとあらゆる境界の消滅、言うなれば涙のコーラスや友愛のオペラがあった。モントーバン[★5]で今日裁かれる事件の恐ろしさも然り――あのトゥールーズの列車の、四人の若い犯罪者たち。[★6]

F・M――ええ……ええ……野蛮な乱暴者です。しかしおそらくあなたも気づいたでしょうが、詳細が明らかになり始め、彼らひとりひとりに注意が向けられるや、そこに若いスペイン人がいるということがわかってきて、ああ、恐ろしいことです……彼は知的な言い訳をし、それから威厳のある態度さえ取りながらこう言うのです。「僕がやったことには吐き気がします。人種差別主義者としてではなく、愚か者として僕を裁いてください」。われわれの目には野蛮な

☆2　ミシェル・フーコーのインタビュー「あなたがたは危険だ」を参照のこと。これは、ロジェ・クノベルスピースの釈放を許すこととなった知識人と左派の全体にたいして行なわれたキャンペーンへの回答である（一九八三年六月十日リベラシオン紙 p. 20)。ミシェル・フーコーの『著作集』に再録され（『ミシェル・フーコー思考集成IX　1982-1983　自己・統治性・快楽』三三五番「あなたがたは危険だ」（西永良成訳））(Michel Foucault « Vous êtes dangereux » dans *Dits et écrits*, 1954-1988, tome IV: 1980-1988, Éditions Gallimard, p. 522-524)、以下のような前書きが添えられた。「彼自ら否認する八〇〇フランの窃盗により投獄されたロジェ・クノベルスピースは、条件付き釈放を認められた。しかしふたたび窃盗で逮捕され重警備獄舎に留置された彼は、その告発を行なっている。この闘いで彼は、ジャーナリスト、知識人、芸術家らに広く知られるようになった。委員会が設置され、クノベルスピースの訴訟の再検討が要求されるとともに、委員会には参加していないM・フーコーにたいしても、委員会からクノベルスピースの著書『Q. H. S.——重警備獄舎』(Roger Knobelspiess, *QHS: quartier de haute sécurité*, Stock, 1980) の序文執筆依頼がなされた。左派政権誕生とともにロジェ・クノベルスピースの再審が行なわれ、彼は釈放された。裁判の不公平のシンボルであったクノベルスピースだが、その後まもなく発生した強盗事件で逮捕され、次第に左派の寛容主義と知識人の無責任の表象となってゆく」。フランソワ・ミッテランとロベール・バダンテールは死刑廃止要求運動のなかで、監獄内にあって恐怖を与える重警備獄舎を廃止した。

乱暴者、その残酷さに動転するほかはないような人たちが、ここで突然、一個の個人として裁判官の前に現われる。そしてわれわれは理解するのです、今度は彼らの人生が台無しになり、取り返しがつかなくなるのだとね。考えてみてください、彼らは自分と同年代の若者を殺したのです！　まったくもって愚かですよ！

M・D――報道は人種差別という観点から彼らをかばおうとして、少年たちは差別者という意味での責任はないと言っていましたね。

F・M――差別者であることによっていかなる場合でも責任を問われるというわけではありません。感化されて抗しきれなかった人たちもいますし。わたしが被疑者らについて知っているのは、ただ新聞で読んだことにすぎませんが、それでも三人のうち二人は、何かについてよく考えるという機会をもったことがまったくなく、環境によって、つまり教育によって、あるいは教育の不在によって、条件づけられた人たちだったということです。ただしあとのひとりは違います。

M・D――「それで、いつ、ここを出られるんですか」と聞いた者がいました。

F・M――ああ、そんなことを言った人物がいるのですか。

M・D――そう、一語一句そのまま、逮捕された夜のことですよ。「茶番が長すぎた……僕らはいつ釈放されるんですか」非常に印象的で、忘れられないわ。彼らは笑っていた、とくに丸刈りの彼、とてもマッチョで、まるでなにかの違反かいたずらをしたあとのようで。
F・M――客観的にとらえれば、彼らは乱暴者です。おぞましい。そしてさらに、彼らはそこにいる、それぞれ顔をもっている、声をもっている、自分のことを話す……
M・D――そうです。けれども二〇歳で、若い外国人を一晩じゅう、外国人だからという理由で拷問し、殴り、刃物でめった刺しにし、流血させて、傷口に小便をかけ、そして列車の扉から投げ捨て、そうしたことを人は罰せられることなくやりおおせると考える、とんでもないですよ。社会はここで決定的にあのような犯罪者たちと手を切らなければならない。彼らは殺人をなんとも思っていない、たとえば他の誰かが寒さと暑さの違いをなんとも思っていないのと同じようにね。世間は、見捨てられた不幸な子供時代のことを弁護のために引き合いに出しすぎだと思う。すべての近代社会において、人は不幸についていつも嘘をつくものです。おそらくそれは避けられないでしょうけど。
F・M――責任のありかが混乱しています。遺伝、教育、環境。社会から、あるいは家族から見捨てられること、その他いろいろ。わたしはあなたに答えることができません。
M・D――まさにわたしも答えられません。けれども、人はそのことを口にします。わたしは、放火魔的な遺伝子をもつ少女を知っています。人はその両親に「マッチを持たせないで」と気遣いながら言うだけ。わたしはその少女に会いましたが、かわいらしくて、ほとんど正常です、ほとんどね。ほぼ他の人たちと同じ、ほんの小さなひとつの違いをのぞいては。彼女は他の子供たちよりもじっと火を見る、その点だけ。たしかに変わっていたわ、うっとりとしていて（笑い）。だけどそのお兄さんとお姉さんたちが大きな愛情をもって女の子を見守っていて。彼女はいつもお行儀のいい子供だったのよ。

　ところで、選挙について自由に語っていただけないかしら。お困りですか。

F・M――おもしろいテーマですね。しかしまあ、その考えにばかり囚われているわけではないので……

M・D――フランス人についての話をつづけたいわね。

F・M――フランス人はガリア人です、そしてガリア人は農民でした。

M・D――つまりフランス人は農民であると。

F・M――はい、古くから農業をつづける民族です。見てください、いまでは農業人口は八％しかおらず、人口の大半の生き方と考え方に影響を与えるのはこの八％なのです。

M・D――フランスはしばしば侵略され、ときに完全に侵略されてきた国ですよね。

F・M――ええ、しかし吸収する国でもあります。すべてを飲み込んでしまう。そして飲み込んだものからなにか独創的（オリジナル）なものを作り出します。触媒作用、それはいつだってすばらしいものです。わたしはね、人びとの外的な貢献についてはまったく気にしていませんよ。「フランスの精神」と言えばいいでしょうか、どんな価値かは知りませんが――そして曖昧でもありま す――それが失われてしまうとは少しも考えていません。フランスの精神もまたそうしたものによって、つまり外部からもたらされる貢献によって作られているのであって、それはとてもいいことです。フランスの精神はそれ自体で、他者が自らの基盤をフランスの精神のうちにすばやく築き上げることを可能にする、そうした力をもっています。イタリア人、スペイン人、ポルトガル人のような隣人についてならそれは本当だが、他の人たちは違う、と言われるのはわかっています。たしかに、あの最多数派の移民の人びととわれわれのあいだに問題は起こっていません。そんなことは考えたこともありませんし。けれども人は「北アフリカ人、マグレブ人は別だ」と言うのです。

M・D――別ですよ。

F・M――おそらく別でしょう。彼らの場合、気軽にとはいかずにもっと時間がかかるでしょう、しかし同じようにことが運ばない理由があるだろうか、わたしにはそうは思えません。融和や吸収を遅らせるものとして、文明、宗教、メンタリティーの問題があるということは明らかです。けれども移民は避けがたいことなのです。だからこそ、わたしはまったく危惧していないのです。ポルトガル人の場合、あれほど統合が早く進むのは当然です。何世紀も前から、あるいは千年単位の昔から行き来をしているのですから。無数の摩擦はありましたけれども。

われわれの言語は同じ起源をもつロマンス語です。さらに宗教的な伝統も同じです。アラブ人については、おそらくもう一、二世代必要でしょうが、しかしそれもたいしたことではなく、時間的経過の問題にすぎません。

M・D――投票権がないとなれば、わたしたちがそれを長らく望んできたのと状況が似ていますけれど、わたしなら彼らにひとつの県を割り当てるかもしれません。

F・M（笑い）――ゲットーですね、それは！

M・D――植民地を作ることになる、と？　いいえ、まったく違います。

F・M――でもどうして？　それでなんらかの利点があるのでしょうか。

M・D――彼らはひとつの場所をもつことができる。自由でいると同時に、われわれといっしょになり、しかも彼らは彼ら自身でいられる。投票権なしには、彼らはフランス人にはけっしてなれないでしょうから。

F・M――アルジェリアから人びとがやって来るとき、彼らはある種の妙なフランス領アルジェリアのようなところに来ようと考えているわけではありません。違います。彼らは自分の国を出て土地を探しにやって来るのではなく、仕事を求め、生きるために来るのです。

M・D――まさにそうですよ。彼らは国や習慣や文化を変えようとしてやって来るのではない。多くの女性が逃げてきて、そして彼女たちはどこへ行くのか。フランスですよ、ご存じでしたか。だからもうすでに頼みの綱なんです、彼女たちにとっては、フランスが。まるで身内のような国でさえあるのです。

F・M——そうした彼女たちが故郷を出るのは、自分の社会を拒絶してのことだとわたしは思っています。しかし、そのような境遇にある女性が多いとは思いませんが。しばしば見られるのは逆の反応であり、つまり、自分たちの社会のなかにできるかぎり緊密な結びつきを求める姿です。たとえば、完全に西洋文明に適応した女性たちが、唐突にまたチャドルを身に着け始めたりするわけです。お互いの状況について一般化するのは避けたいものです。純粋さや厳格さや誠実さを求めながらも、近代的な世界へ、そしてそのリズムと様式のなかへすっかり溶け込んでいきたいと思う、ここに衝突や断絶が生じます。そしていま、フランスはそこに位置し、すべてを養分としているところなのです。

M・D——あなたは先ほどガリアについて話していらっしゃった。ガリアには潑剌としたもの、新しさのようなものがあります。ガリアが出てきたときにはすでにギリシャやイタリアは長期間つづいていたけれど、それらにたいしてガリアがもっていた若さのようなものです。フランスはこの若さを守ったのですよ、受容することを通して。受容とは、若さのなせるわざですから。

F・M——世界はまだ青年期ですね。先日、カイロでラムセス二世を見ました……彼が生きていた時代から三三〇〇―三四〇〇年となります。われわれの死者たちは亡くなったその瞬間から、ラムセス二世と同様の年老いた人となります。と同時にラムセス二世もわれわれの死者たちと同じだけ若返るのです。三〇〇〇―四〇〇〇年がどれほどのものだというのでしょう。そしてわれわれが知りうる以前の歴史とは？　間違いなく、われわれはまだ世界の青年期に位置しています。

M・D――もしもそう考えるなら、世界はけっして老いたりしないことになります。まさにその点について、わたしはさきほど諸文明の並行性のことを話したのです。プラクシテレス★7の時代、また紀元前四世紀のギリシャの時代に、ガリアは荒れ地や茂みだった、そして長い時間をかけて、人びとがそれに耐えてきたのだということを言いたかったのです。これは思いつきではなく、ガリアについて考えてきたこと。でも、わたしはこの考えをとても気に入っているの。それは違いますなどとひっくり返したりしないでくださいね。

F・M――われわれの文明は出遅れました、ええ、それは言っておかなければなりません、多くの他の文明にたいして遅れていましたね。シャルル八世★8の時代には、フランスはまだかなり野蛮でしたよ、中国、イタリア、ギリシャの文明にくらべてね。

M・D――ここは大陸の端ですし、野生が残っていたのよ、海の手前の最果ての地、知られざる国だったから。それもわたしは気に入っているの、英雄のように海を見ている悲劇的な地理。

F・M――最果てと言っても、最後の国ではないですよ。しかし他の国々はずっと先を行っていました。フェルナンドとイザベルが結婚してアラゴンとカスティーリャを統合し[★9]、スペイン南部つまりアンダルシアを奪還、すなわちイスラム勢力を征服し、支配し、追放したときには、洗練された文明が中世的な遅れた状況へと急激に転落してしまいました。文化、建築、灌漑など、アンダルシアはおおいに発展しており、よく整備され、文明化された地方でした。しかしその後、アンダルシアはとても貧しくなりました。われわれ西欧人にとってあれらのことがらを考えるのはむしろ自尊心を傷つけられることなのです。コルドバのカリフ[★10]、文明化されているのはそちらのほうであって、われわれ西欧人ではありません。われわれの文明についてわたしはあなたのように劣等コンプレックスを抱いてはいません。けれども本当ですね、フランスはとても遅れています。

M・D――わたしにはそれがいいことのように思えるのよ、すべての面でね。その遅れというのは積極的な価値だと思う。われわれは始めたのが遅かった、だから若者たちよりも若いのよ、ジュール・ルナールがこの言葉を使ったような意味において[★11]。若者は――とくに彼らが知的であるときには――、たいていいつだって長い人生の旅を早すぎる老いから始めるのよ。そうした老いのうちの何かがあとあとずっと彼らに残るのです。一八歳で若く見えるためには本気で若さを「気取る」ことが必要ですよ。あたかも若い世代が、そこだけ他とは異なる特別な世代として存在するかのようにふるまわなければね。フランスでもっとも若いものといったら、それは寄る辺なく祖国を失った人びとを受け入れるあの運動です。かりに右派といっしょになってフランスがこの美徳を失ってしまったら、全世界にとって恐ろしいことになるでしょう。ニュー＝カレドニアの日の光が降り注ぐ広場で見かけるようなラコステのシャツを着た男たち、わたしにとって彼らはインドシナ[☆3]のプランテーション企業テール・ルージュ[★12]の農園主と同じであり、苦力（クーリー）＝下級労働者の殺し屋よ。わたしにはあの男たちが、まるで取り返しのつかないほどに老いぼれて、時代遅れで死んでいるように見えるの。しかしフランスはこの点に関していえばよく抵抗していると思いますよ、庶民階級でさえもね。まるで自動車事故や死を避けるようにして人種差別を避けるというあの知性をフランスは持ち合わせているかのように見える。その単純なことがらのなかにすべてが、つまり未来のすべてがあるわね。

F・M――フランスには、行き過ぎた人種差別はほとんどありませんね。人種差別者は少数派です、しかしまれに全国に蔓延することがあります……

M・D――ドレフュス事件[★13]があるわよ。

F・M――ドレフュス事件はフランスを二分しました。賛成派と反対派に。当初、社会の主流派は自然に反ドレフュス派になりました。しかしその内部には反発が生じていた。闘争に参加したベルナール・ラザール[☆4]と他の何名かは、当時のブルジョワ社会のなかに共感的な動きがあることを即座に見て取りました。その社会はしたがって、弁護しうるものだ、となった。

M・D——あの世紀における唯一の人種差別的な事件でした。

F・M——そうですね……人種差別的な性質をもつあからさまな差別行為を考えようとすれば、もっとはるかに時代を遡らなければなりません。内戦つまり宗教戦争が起こり改革派にたいする弾圧がつづいた時代、それはまさに常軌を逸した蛮行そのものでした。しかしこれは人種差別的なものではなく、宗教的な現象でした。ただし中央権力つまり王権が権限を独占的に行使しようとしたことにより、それは二重の様相を呈することになりました。おそらく王は、自らの思いどおりのフランスを守り通したいと考えていたのでしょう。しかしあの行為はフランスの歴史のなかでももっとも醜悪なもののひとつとなり、ある意味では国家の名の下に国(ネイション)を深く傷つけてしまいました。わたしはナント勅令の廃止[★14]とその結果、一世紀にわたってつづく状況のことを話しています。あれは流血と火刑と拷問によるまぎれもない排斥でした。

M・D——あなたは宗教戦争と人種差別を区別していますが、わたしはあの点に関しては人種

☆3　マルグリット・デュラスは、当時フランスの植民地であったインドシナで生まれ、幼少期から青年期をそこで過ごした。彼女の作品には、この時代の記憶の痕跡が残る。

☆4　一八六五—一九〇三。作家、ジャーナリスト、無政府主義者であり、アルフレッド・ドレフュスを他に先駆けて擁護したひとり。『誤審——ドレフュス事件の真実』を出版、三〇万部を売り上げ、ゾラを闘争のなかに引き入れた。

差別〔差別主義〕だったと考えています……

F・M――ラングドック[15]にたいする差別ですか？　そうは思いません。

M・D――プロテスタントにたいする差別ですよ。

F・M――南部にたいする北部からの差別、おそらくそうでしょう、アルビジョワ派[16]の時代ですね、ある意味ではこう言えるでしょう。つまり、トゥールーズ伯領地とその領民らの征服のとき、北フランスの騎士らが小規模の臣民を率いて南フランスの人びとと対立した[17]。けれどもそれはなによりもまずひとつの征服であり、土地の征服なのですから、当然、征服されたほうは制圧されるわけです。これは差別ではなく、自然の成り行きですね。

M・D――あなたはこう言います、つまり国（ネイション）を作りあげるのは、出来事や事実や思想における共通の過去、共通の歴史だ、と。わたしはあなたの同胞だと言わせてもらいますよ、だってあなたと同じ本を、われわれが習ったまさにその同じ言語で読んできましたから。

F・M――文化的様相はとても重要ですよ、もちろんね。

M・D――わたしからすれば、それは根本的なものです。

F・M――根本的なもの、でもそれだけでは十分ではないですよね。

M・D――国籍がそれだけで十分ではないのと同様にね。

F・M――二つの要素は結びついています。

M・D――あなたは賛成よね、それら割り当てられた二種類のもの、つまりそれら二つの要素のあいだに不均衡があれば災難ですよ。

F・M――たとえば？

M・D――例を挙げられないけれど、そうね、ル・ペン[★18]など。

F・M――デマゴーグは大勢いますよ。

M・D――ええ、だけどデマゴーグという言葉を使って何を説明したことになるのかしら。

F・M――ル・ペンね。ル・ペンは彼が考えていることを述べていますね、たしかに。そしてそこから出発し、デマを用いてひとつの状況につけ込むわけです。権力を勝ち取るために彼はどんな手段でもどんな論法でも使いますよ。たとえば、人びとの現実の生活のなかに相当の排斥感情が潜んでいることに彼は気づいています。ラマダンの時期に団地で耳障りな音楽が夜、窓から聞こえてくると、いらいらしてくる。人は同じ習慣、同じしきたり、同じ予定で生活しているのではありません。で、近所の人びとが怒り出す。あのデマゴーグはこうした状況を指摘し、そこから利益を引き出そうとするのです。彼は先のような近隣関係をつらいと感じるような支持者を見つけ出します。そして不安というものを恥ずかしげもなく悪用するのです。ところがその不安とは、都市つまり人が密集するところに固有の現象であっても、人びとの社会的属性に固有の現象ではありません。

M・D――一五年ほど前、イヴリーヌ県内[★19]でポルトガル人が居住する大きな街のうちのひとつに、HLM〔低家賃住宅〕が建設され、そこにポルトガル人やフランス人が入居しました。あのころは、魚のタラが四〇フランではなく二・五フラン[☆5]で、ポルトガル人はタラ料理を作り、そのタラの匂いが建物じゅうに充満して、住んでいたフランス人らとのあいだにイヴリーヌ県独特の問題が生じた。実際、左派はフランス人を、みすぼらしい食べ物の匂いに不満を言わざるを得ない悩ましい状況に追い立てました。そしてそれが彼らフランス人の「人種差別的な意識」を増長させることになったのです。フランス人はHLMから出ていきました。ポルトガル人は、かつて彼らが住んでいて結局はHLMよりもはるかに幸せで人とのつながりもあった昔のスラム街に戻りたいと考えるようになりました。そして役所はスラム街の取り壊しを進めた、というのも役所はポルトガル人の快適な生活のほうを重視していたから。たとえ快適さが彼らの幸福を失わせてもね。結局のところ、問題を解決したのはタラの法外な値段だった。つまりタラの値はポルトガル人にとって、あまりにも高くなってしまっていたのです。何の理由があって、憎悪を煽るかのようにあんなに値が上がるのかしら。

F・M――人は面倒なことは嫌いですし、そして人間には曇った心の奥底もあれば、もちろん部族的な精神もあります。それ以上はわたしには説明できません。国が全面的にそれらのことに気を取られているわけでもありません。フランス人はフランスという国のもつ情熱を理論づけるのが好きです。ドリュモン[20]……あれは人を啞然とさせますし、周辺的ですね。わたしはドレフュスに関するバレス[21]のいくつかの著作をも思い出します。

M・D――ドレフュス事件の裁判について言うと、みんなドレフュス派か反ドレフュス派に分類され、レッテルを貼られていましたね。占領下のときのように。占領下では対独協力派（コラボ）と対独協力拒否派（アンチコラボ）に分類されたわ。

F・M――こんなふうにも言えませんか、つまり、人は右派か左派かというレッテルを貼られるものだ、と。はっきりしないレッテルですが。一般的にフランスは右派であり保守的です。ときおり、彼らの深いところにある要求が保守的な社会によっておおいに損なわれ、また妨げられると、左派への思いに駆られます。するとロックが解除される。こうしたことはときどき起こるのですが、あまり頻繁ではないですね。われわれが一九八一年からやってきたことは、左派の継続的な統治を可能にすると思います――わたしがめざす目標のひとつもそれなのです。フランス人には次のような癖があります。すなわち、健全なる変化があり、みんなにとって喜ばしくて善良で開かれた精神があり、そして目の前には抑制すべき利益がある、と考える癖です。一九三六年の二〇〇家族[22]〔にかかわる法律〕を覚えておいででしょう[☆6]、あれはすでに十分わか

☆5　二・五フランは〇・三八ユーロ、四〇フランは六・一ユーロ。

っていたことであり、そこには左派の考え方が明確に表われていました。さて、対立するあちら側〔右派〕が今日真っ先にやることのひとつ、そのなかでもまず手を付けると思われるのが、馬鹿げているようにも見えますが、あちらが勝てばの話、なんと一〇〇億ないし一五〇億フランを税金のなかから回収するや、すぐにそれをもっとも裕福なフランス人一〇万人のポケットの中に戻すことなのです。なんとくだらない！　あきれますよ！　こんなに重大な心理的錯誤を犯すとは！　愚かな人たちじゃないんですから、そしてまたこうした決定を下した政治家たちは利益を得る当事者としての億万長者でもないんですから、これはしたがって別のこと、つまり金の力を重視し、それに従属することそのものなんです。フランスの保守には見境いというものがありません……フランス銀行総裁[☆7]の回想録を思い出します。そのなかで彼は、一九二四年の左翼連合政権[★23]発足時、恐慌を起こすよう、また、財界のために誤ったニュース[☆8]をつづけざまにでっち上げてくれるよう、いかに人びとが彼のところに依頼してきたかを語っていました。「金権の壁[★24]」という言葉がありましたが、これはまさにカネでできた壁だったのです。まあそれで、同じような性質の力は今日でも存在します。いったい、知的であり情報に通じておりの多くの場合は教養もある、下劣でも俗悪でもない人びとが、そういった力にひれ伏すところを思い浮かべられますか？　あたかも、まずは領主に十分の一税を払えと言わんばかりではないですか！

M・D――まるでフランスは潜在的には左、表向きには右とでもいうかのようにすべてのことが進行しています。右派に属するとは、左派と合流できなかった悔しさを左派に向けてぶちまけることだと、はっきりわかることは多いですよ。すなわち、左派といっしょにやるべきだったかもしれない、とすでに理解しているのです。そしてまた、右派が左派のところにたどりつけなかったのは、彼らが人生で「負けた」のではなく、自分自身の敗北を勝ち取り損ねたのだ

☆6　一九三六年に政権を取った人民戦線政府は、一九三六年七月二十四日法令により、フランス銀行の経営へのより直接的な介入手段を公権力に付与。この政府は実際、フランス銀行の私法にもとづく定款の保持を、公益に反するとした。一方、総会は当時もっとも裕福な二〇〇の株主――「二〇〇家族」という言葉がよく使われるのはここからである――のみからなると定められていたが、一般に向けて開かれることとなった。この改革は国有化への第一歩となるが、ただし国有化の実現はフランス解放(リベラシオン)後の一九四五年を待たねばならなかった。

☆7　エミール・モロー『フランス銀行総裁の思い出　フラン安定化の歴史(一九二六―一九二八)』(Émile Moreau, *Souvenir d'un gouverneur de la Banque de France, Histoire de la stabilisation du franc (1926-1928)*, Éditions M.-Th. Génin, 1954)。

☆8　一九二四年から一九二五年にかけての一年以上のあいだ、フランス銀行は毎週、粉飾決算報告をする。とくに為替市場における証券業者の信用を保持するために、フランス銀行は通貨流通高を小さく見せた。フランス銀行文書正規化は一九二五年四月九日に始まり、発券機関の毎週の決算が数ヶ月前から粉飾されていたことが明らかになる。この出来事は世論の感情を大きく刺激し、元老院は四月十日金曜日、エリオ内閣を倒閣。フランス銀行は信用の大部分を失った。

ということも。さらに言っておかなければならないのは、左派に直接的に関与しなかったからという理由で、多くの人たちがフランス共産党から侮蔑され、烙印を押されたこと。フランスにおけるスターリン主義的共産主義者らの集まりのなかにあった差別は、人びとにはわからないでしょうね。しかしだからといって、世間の好奇心が左派に向けられていることにかわりはない。右派あるいは極右の人びとは、左派に関して常軌を逸した信じがたいほどの好奇心をもっています。一方で、わたしは右派に好奇心を抱いている人をまったく知らない。まるであちら側の人びとは自分のなかに閉じ籠もってしまい、みんな以前は彼らを知っていたけれど、あたかももうおしまいのようになっている。これについて右派は今後、何もできないでしょうね。あなたたち右派には思いもよらないことでしょうけれど、あなたたちは左派への好奇心を募らせていく、それはおそらく死ぬまでつづくでしょう。おのおののフランス人はそれぞれ個人的な人間関係を築いていいます、あなたたち右派ともね。わたしはそれを見たことがないけれど。

でも、フランスの代々の政府についてわれわれにもう少しお話ししてくださいな。この先もつづくであろうこと、重要になるだろうこと、これらをめぐってフランスのあらゆることを処理してきた各政府のことを。その各政府の合間には、右派――ド・ゴールも――が代理であるかのようにして政権につくわけですけれども。このことを先日の対談で話し始めて、それであなたはドイツ防衛大臣との予定が入っているとかで呼び出されましたよね。

左派はだから、一四〇年間で四回、政権についたのですね。

F・M――左派は一世紀半のあいだに四度、政権につきました。最初は四ヶ月間、一八四八年の二月から六月のことです。そしてそのときにはまだ社会主義者は政権には入っていませんでした。ルイ・ブラン[★25]は、臨時政府のなかで全的な権利をもつメンバーとしてではなく、政府の秘書として参加していたのですよ！　しかもその最初の決定は、一日の労働時間の削減を拒否することでした……このつまらない決定はすぐに破棄されましたが。その後、保守主義者たちは、独裁者かいわゆる正統的な王家の王かあるいはオルレアン家の王か、いずれかを求めた。ルイ＝ナポレオンのことなど誰も考えていなかったのに、彼はあっという間に保守主義者をみんな味方にしてしまった。左派はすでに崩壊していましたので、これは右派同士のあいだで起こったことです。二回目の社会主義政権は一八七〇年のことになりますが、これはパリだけ、数週間だけ。まさにあのコミューン[★26]ですよ！

M・D――でもあれは、くらべうるもののないほど崇高でしたよ。

F・M――国庫金に比肩しうるほど高い！

M・D――あのね、目前に現れて触れうるあんなにも完璧なユートピアという意味で、あれは類いまれなるものですよ。

F・M――素晴らしいと同時に嘆かわしいものでもありました。ティエール[★27]の軍隊を前にし、しかも同じ場所に二つの大砲を据えられない、各地区では投票しなければなりませんでしたし、どの地区も当然のことながら自分のところの大砲を処分したくなかったからですが、そんななかでどうやって戦略的行動を練り上げるのか？[★28] どうやって勝つのか？　わたしは、左派がときにはこの問題を取り上げてくれればと思っていますよ！

M・D――あなたのおっしゃることのすべてはそのとおりよ。でもあれはやはり比類のないものよ。

F・M――勇気、無私無欲、愛国精神、絶対的なものへの感覚には賛成ですが、結局は……二ヶ月で彼らは総司令官を六回も変えたのです！　コミューンの考え方は前衛的で、第三共和政はその思想を取り入れるのに時間を要しました。しかし同時にまた、ティエールがおぞましい虐殺でコミューンを制圧したのちに政権へと戻ってきたとき、銃撃がまだつづくなかで、コミューン政府の財務担当は虐殺を免れ、それでその経理係は会計報告のさいに金塊がひとつたりとも欠けていないことまで付け加えました……素晴らしく誠実だったわけです……

M・D――狂気の沙汰だわ。

F・M――したがって、一八四八年の左派政権があり、一八七〇年のそれがあり、そしてその後、左派が戻ってくるまで六六年待たなければならなかったのです。一九二四年の左翼連合[★29]は興味深いものでした。急進的右翼に直面した急進的左翼でしたね。しかし人民諸勢力を引きつけはしませんでした。一九三六年に人民戦線[★30]が勝利しますが、いかに大きな変化であったことか！　けれどもそれは本当に一年しかつづかなかった、ブルムを首班としてね。フランス解放（リベラシオン）のときには左翼は非常に勢いがありましたが、時の中心人物はド・ゴールでした。彼は進行中の歴史の動きを彼個人のほうへと変えていきました。

M・D――ド・ゴールは左派の人物だったとは言えませんよ。

F・M――言えませんね。ただし彼は戦争中から戦争直後にかけて民衆の願望を体現しました。すでにそれはかなりのものでした。一九五八年には彼はもう同じ力をもっていませんでしたが。むしろその逆でしたね！

　あなたはギユマン[★31]の『ナショナリストと国民[☆9]』という本を読みましたか？

M・D――いいえ。

F・M――お勧めです。夢中になると思いますよ。れっきとした財政の専門家の研究というわけではありませんが、所得税の歴史が驚くほど才能あふれる説得力をもって語られています。われわれの話題とどんな関係があるのかとおっしゃる？　そうですね、税金の歴史とは、まさに社会的正義にたいする指導者層の組織的闘争である、ということをありありと見せてくれる

☆9　アンリ・ギユマン『ナショナリストと国民』(Henri Guillemin, *Nationalistes et nationaux*, Éditions Gallimard, 1974)。

ものですよ。

M・D――大資産家にたいする減税の話はあらゆる新聞に載っていますし、みんな知っています……

F・M――大資産家に回そうとして、つましく暮らしている人びとから取り上げられようとしていたものの全容を見て、わたしは憤慨しましたよ。そしてこう言ったのです。貧困層にたいする富裕層の計画に加担せぬよう注意しよう、と。こうした体質を変えよう、とね。わたしはまた、多くの右派の人びとは気前がよく、このことを好まないということもはっきり言いました。すると、ご存じでしょう、わたしに返ってきた答えはこうです。「ほら、あなたは富裕層と貧困層のあいだに対立を引き起こそうとしている。この時代遅れの落ち目が!」そうです、こんなふうに言ったがために、わたしが糾弾した計画の責任者に、わたし自身がなってしまったのです! 弁証法万歳! 幸いなことに、わたしの知人のなかには政治的に保守派でも個人的な生活においてはいつもそうだとは限らない人たちがいて、彼らは親である自分の世界から子供たちが逃れ、そしてより公正な世界を夢みた子供たちがこれを構築しようとする――実際、あるのですよ――とき、そのことに感嘆したりするのです。

M・D――彼らはフランスを恥だと思っている、そうですよね。で、彼らは左派がそれをわかっていると言って、左派を恨むのです。

F・M——自分の息子が司祭や軍人になる……あるいは探検家やヨットマンになる、それから
あなたは驚くでしょうが、革命家になることでさえも、ようするに息子がリスクを取るときでさえも、それを誇りに思う人びとはいます。こうした世捨て人のような理念は、彼らの気分を一新し浄化する泉のようなものですよ。保守的ブルジョワジーは、自分の子供たちを大義に託しているのかもしれません。そしてそれに不同意を表明するときでも、彼らは後ろめたさのようなものを感じるのです。あの一九六八年の保守派の撤退[★32]を思い出してみてください。

M・D——あなたはこうした広報担当の仕事をつづけるんでしょう？　情報、それはいまやあなたですから。

F・M——ええ、正式な選挙戦の開始まではつづけますよ[☆10]。そのあとは、賛否の声で大騒ぎとなるでしょうけれども。毎晩毎晩、その前に聞かされた話とは正反対の話を別の人から聞く日々になりそうで。そんな人たちとはできればかかわりたくないですね。

M・D——先日、ランド地方[★33]に出かけたいと言っていたのを聞きましたけれど。数日でもいいからって。

F・M——ときおり田舎に出かけて、森の空気を吸わないとね。

☆10　このときフランスは選挙戦の最中だった。国民議会議員選挙は一九八六年三月十六日実施。

M・D――あなたはパリがとても好きですよね、パリの街を歩き回るのがすごく好きよね。

F・M――パリは好きですよ。限りなく好きです。おわかりだと思いますが……パリを離れるとパリが懐かしくて。しかしわたしの内面のリズムを取り戻すために、パリを離れることも必要なのです。そのリズムとは農民のそれなんです。

M・D――ランド地方のあなたの家の周りに畑はないのですか。

F・M――あります。あの家は海の方に向いてはいなくて。家は海に背を向けて建っています。もっとも、あの地方の海辺の村はどこも潮の被害を避けるためにそうなっていますけどね。林のあいだの空き地に家を建てて暮らすのですが、その林間が畑になっています。

M・D――フランスのなかでももっとも怖い海ですよね。カップ・フェレ[★34]で恐ろしい思いをしたのを覚えています。砂丘の中に海水が湧き出るところがいくつかあって、外からは見えないの。とても深くて怖いのよ。

F・M――あのあたりはガスコーニュ湾（ビスケー湾）の奥まったところにあり、地の陥没や断層がもっとも深い、そうした場所のひとつなのです。急激な水流と、非常に危険な渦潮が自然に生じるその場所を、どうして愛さずにいられるでしょうか。

第3章　空と大地

一九八六年二月四日
エリゼ宮にて

マルグリット・デュラス（以下、M・D）――パリでは最近、ちょっとした騒ぎが起こっています。車両撤去、その撤去作業ね。邪魔な車を撤去する仕事を請け負っているのは私企業なんですけれど。それらの企業がまるでギャングのように振る舞っています。彼らは出来高で支払われている。それで、誰の邪魔にもなっていない車を撤去するのですが、あれは完全にわざとですよ。まるで人びとを怒らせるために故意にやっているように見えます。

フランソワ・ミッテラン（以下、F・M）――あのような企業はどうやって機能しているのかしらないのですが。わたしも一度、やられましたよ。もともとわたしはちょっとぼんやりしたところがありましてね……ある日、車を運転して国民議会に向かい――よくブルボン宮の前にはそれ非常に多くの車がとまっていて、そのときには少し離れたところに駐車するんです――、で戻るのですが、車で来ていたのを忘れている。で、バスに乗る。次の日、「さて、車はどこだ」と思って、前の日に議会へ車で行ったことを思い出すというわけ。車を停めたベルシャッス街★1に車を取りに行く。いざ着いてみると、小さな人だかりが目に入る。近づいてみるでしょう。車両撤去車があたりの車を撤去している最中でした。野次馬根性でなにげないふうを装いながら見てみると、突然、わたしの車があそこに、撤去作業場にある、と気がつきましてね。運転席の人のところに飛んで行って言いました。「これは私の車です！」すると彼はこう答えました。「もう遅いですね。ポルト＝ド＝ベルサイユ★2まで来てもらいませんと」。そして「あれ、あなたはミッテランさんでは？」「ええ、そうです」「あの、わたしはモルヴァン★3の出身でして……こちらで取り次ぎましょう」。わたしはタクシーでポルト＝ド＝ヴェルサイユに向かいました。けれどもわたしの車はもう登録されてしまっていてね。またしても目の前に立ちふさがる困難！　車両撤去解除の係員に会うと、彼はわたしにあいさつをしたあと、こう言うのです。「わたしはシャトー＝シノンの近くの出身でして……」。二人目のモルヴァン人★4ですよ（笑い）。結局、なんとか切り抜けることができました。

M・D――世間の人びとがみなモルヴァン出身というわけではないでしょうに。もちろんその話は接収の問題にくらべればたいしたことではないわ。わたしは接収の賠償金について話しているの。

F・M――支払いが少ないという意味ですか？

M・D――破廉恥なほど少ないですよ。けっして撤去物に見合うものを取り戻せる――それどころではありません――ような支払われ方はしませんから。中世的な不正を思わせます。

F・M――われわれの法律では、その決定は司法によるものであるはずですが。

M・D――あなたはセルジュ・ジュリー[★5]の『ミッテランの時代[☆1]』を読みましたか?

F・M――ええ。知的で疾走感のある、よく書かれた本です。ところどころジュリーは、現実よりも自分の直感や正しくありたいとの欲求のほうを信じており、そして彼は冴えていて鋭いので、体系を組み立ててしまっていますがね。しかし洞察力があるし、批判も悪意があるとは思えませんでした。

M・D――情熱的ですよね。

F・M――そう、情熱的ですね。単調さの逆です。わたしはあのような才能が好きですよ。たしかに、そこに書かれているのはわたしのことだといつも思えるわけではありませんが。たとえば、あのイフレンへの例の旅行[★6]ですね。三日間のヴァカンスを取って出かけたのです。大統領選以降ほとんど取っていなかったので。そうしたらまあなんという話になったのでしょうか! 途方もないことを想像したのはセルジュ・ジュリーひとりではありません。イフレンで、

☆1 『ミッテランの時代』(Serge July, *Les Années Mitterrand*, Éditions Grasset, 1986)。

わたしは政治に関する話はまったくしませんでした。親友たちといっしょに過ごし、フェズに出かけて、散歩をして、日光浴をしました。そしてそれが問題になりました。おそらく、ハッサン二世とカダフィ大佐のあいだでかってかわされた合意[☆2]とわたしの旅行が偶然にも一致したせいでしょう。もちろん、それについてわたしはなんの関係もありません。

M・D――ジュリーの言う一九八三年三月[☆3]は？

F・M――平価切り下げ、経済、財政、通貨に関する選択について話しますか？　ええ、それは重要な日付です。しかし緊縮といわれるものは、物価や賃金の据え置きとともに前年から始まっていました。人びとは、わたしがあの三月に躊躇したとして非難しました。しかし実際には、フランスでもっとも有能な人たちから五日間にわたり助言を受けていたのです。自分でも正しかったと思いますよ。あのときに決定された政策の結果の有効性によって判断してもらえるならばね。

M・D――十月のブール＝カン＝ブレスでの社会党大会[★7]、あれで共産党の運命が決まったかもしれないですね。

F・M――そうではありません。

M・D――あれは間違いだったかもしれない……

F・M――共産党は懸念を抱き、これ以上いわゆる緊縮政策と連携しないことを決定したのです。彼らは内閣改造――それは政策変更によるものではありませんでした――の機会を捉えて〔社会党政権から〕離脱しました。★8 共産党の指導部がファビウスに条件を提示しましてね。ファビウスがわたしに電話をかけてきたんです。「どう思いますか」とね。わたしは彼に言いました。「まあね、組閣のさいには条件というものを受け付けてはいけませんよ。」あの電話こそが彼の思いだったのです。しかしわたしはそうした出発は望んでいなかったので。ごく単純に、何かを維持しようとするときにさらなる要求が条件として提示されるなら、拒否することが必要ですよ。

M・D――あなたは共産党について、ほとんど話しませんね。

F・M――わたしに何を話せとおっしゃるのですか。彼らは閣内に四つの席を、三年間にわたって保持してきました。とてもよく仕事をしてくれましたね。再建の基本政策に協力してくれましたし。彼らがその活動を最後まで成し遂げられなかったのは残念です。そうやって共産党

☆2　ウジダ協定は、ハッサン二世とカダフィのあいだで一九八五年八月に締結されたアルジェリアに対抗する経済同盟。だが、モロッコとリビアのあいだのこの同盟関係は完全に形式的なものにとどまった。〔モロッコとリビアの政治経済防衛面の相互協力と将来の連邦化をめざしたこの協定の調印は、実際には一九八四年八月のことである。〕

☆3　「ドロール・プラン」と呼ばれるインフレ対策計画が決定されたのは一九八三年三月。ミッテラン大統領第一期目における経済的・政治的な真の転換点となった。

は現実に利益を得ることができなくなってしまった。わたしは政治的な利益だけではなく、国にとっての利益のことを話しています。成果はいま、蓄積され始めていますよ。

M・D――彼らは何にたいして苦悶しているのかしら。基本的に密告はつづいているのだけれど、まるでお行儀の道徳か何かのようで、そのイメージが繰り返し喚起され、不気味な茶番のようになっているわね。

F・M――むしろルーティンですね。それでも彼らのなかには独自の精神があります。

M・D――アフガニスタン侵攻☆4は、いまやひとつの常態になっていると思いませんか。人びとはもはやそれを原則に立ち返って話そうとしない。レポーターたちがそこへ行き、よそごととしてその場で撮影する。侵攻はあたかも承認されたかのようになっています。

F・M――ソビエト連邦にとってこの侵攻は間違いであり、ソ連はそのことをわかっているとわたしは思います。強大な軍隊も莫大な損失もそのままで……第三世界とイスラム世界における深刻な矛盾ですよ。ソ連は長期間にわたってアフガニスタンにたいし監視介入をしてきただけにね。しかも、なんにもならなかった！　わたしは、ソ連の人びとは交渉を望んでいただろうと確信しています。もしも彼らが賢明さをもって問題をとらえていれば交渉も可能だったのではないかとね。しかしソ連の人たちにたいして「まずはそちらの軍隊を引き上げろ、話はそれからだ」と言いつづけるなら、交渉は実現しないでしょう。撤退、難民の帰還、将来的な中立性や自由選挙の保証について計画を立てることが必要です。国連事務総長のペレス・デ・クエヤル氏[☆5]ならできますよ。

M・D――そしてとくにいちばんむずかしいのが各部隊の撤退ですね。

F・M――当然、そうなります。

M・D――共産党についてもっと話してもいいかしら。

F・M――もちろん。しかし、わたしは共産党に固執しているわけではありませんよ。

M・D――わたしはこだわっているのよ[☆6]。あなたは彼らを知らないですからね。あの人たちのことを決定的に知っているのは、ごく近くで彼らと付き合った人間だけよ、わたしのようにね。彼らは、一九四五年当時と変わらないですよ。幻覚のようなもの。昔と違うのは、もうそれは終わったのだということをいまや彼らは知っているということ。ここでこの話はやめておくわ。安心してください。

F・M――かまいませんよ、わたしは彼らとしょっちゅう行き来しましたし、それを後悔したことなんてありませんから！ その話をしても平気ですよ！ ただ、固定観念を形成するよう

☆4 ソビエト連邦によるアフガニスタン侵攻。
☆5 第五代国連事務総長（一九八二―一九九一年）。
☆6 デュラスは一九四四年から一九五〇年まで共産党員だった。

なことがあってはなりませんし、フランスにおける共産党の問題が重要なものだとしても、それがすべて党にまつわるというわけでもないと思っています。

M・D――あなたは先頃、『リシュリュー』[☆7]建造計画を発表しましたね。すばらしいわ。潜水艦一艇の完成に九年もかかると聞きましたけど。

F・M――だいたいそのくらいですね。しかし、『リシュリュー』は航空母艦です。潜水艦ではありません。

M・D――それは失礼。

F・M――あなたが混乱したのは、おそらくわたしが第七艇目の原子力潜水艦建造命令を発令したことからくるのでしょう。完成は一九九四年になるはずです。原子力空母のほうは第一艇目ですが、これに関しては、われわれの戦力の決定的な構成要素となります。動く空港のようなものですね。行く先々でわれわれの航空機は基地を有することになります。そしてそこから地球上のほぼすべての地点への行き来が可能になるのです。

M・D――あなたはそれでやめるつもり?

F・M――この領域における近代化は他の領域と同様、けっしてとどまることはありません。われわれの核戦力は数量的つまり能力的にロシア側やアメリカ側のそれにくらべてかなり劣勢で、核弾頭としてこちらはおよそ一五〇発のところ、アメリカやロシアはいずれも一万発を保有しています。しかし、フランスの能力は、何者であれわれわれを攻撃しようと思わせないようにするのに十分なものです。基本的にフランスの戦力は位置特定の不可能な潜水艦に依拠しています。戦時に必要とされるような慎重さを平時にも欠かさないということです。潜水艦は二ヶ月から二ヶ月半のあいだ、浮上なしで航行します。

M・D――それらの潜水艦は、北極や南極で氷塊のあいだを深く潜りながら移動するのですよね。わたしは子供たちにその話をしてあげるのよ。

F・M――潜水艦は氷塊のないところを通ります。氷塊がある場所では二〇〇メートル以上の深さまで潜ることができます。それらの潜水艦が発砲すると、四五〇〇キロメートル先まで高い精度で届きますよ。探知されるリスクはありますね。水中ではごく小さな音でも容易に感知できるのです。よりいっそう静かな潜水艦を有すること、これはわれわれの科学の問題です。

M・D――水中の深いところでは、ある種のサメが一〇キロメートル先にある太い口径の仕掛けを察知する、それほど海底は静かなんですね。

☆7　この航空母艦は、一九八七年十一月二十五日に起工。進水は一九九四年五月。空母は一九八六年に『リシュリュー』と命名された。これはフランス海軍の主要艦船に付けられる伝統的な名前のひとつである。だが後年、ジャック・シラク首相により改名、『シャルル＝ド＝ゴール』と呼ばれることになる。

F・M――海底はけっして静かではないのです。潜水艦乗組員が教えてくれたのですが、互いの声が聞こえないほどだと言います。小エビたちが通り過ぎると、地上の嵐のような騒音が起こると。だから、音源を見分け特定しようと耳を澄ます人びとの苦労があるのです。こうした音の混乱は、潜水艦にとっての切り札であり、今後二〇年間は探知機の類から逃れうる状況がつづくだろうと考えられます。しかし二〇年は短いですからね。すでにその後のための研究が進められています。上空からは、快晴であれば衛星ですべてが見渡せますよ、潜水艦を除くすべてがね。そして付け加えておくと、潜水艦は広い範囲に武器を配備しますが、そうなるとも う接岸する必要も、あるいは大洋とつながる海に定期的に寄港するべく、たとえばバルト海のような狭い航路筋を通る必要もなくなります。

M・D――どのくらいの深さまで潜るのですか？

F・M――先ほど言ったように、だいたい二〇〇メートル以上です。

M・D――主たる関心事はそれね。

F・M――そうです。しかしわれわれが潜水艦を建造してきたのは戦争をしないためですよ！戦争をするためではありません。抑止的戦略と呼ばれますね。われわれが十分に強ければ攻撃されないでしょうし、われわれが誰にたいしても攻撃的な意図をもたないことはみながわかっています。その点に関してはっきりさせておきたいのは、わたしは核競争にたいするいかなる嗜好をもっていないということです。フランスは、状況が整えばそれを廃絶する用意があります。そしてその状況とは、次のような唯一の条件に帰します。すなわち、他の国々、もっとも強大な国々みずからがそれを廃絶することです。

M・D――わたしはレーガンの[★9]「スター・ウォーズ」計画[☆8]への参加を拒否したあなたの、その見解をよくお聞きしたいのよ。

F・M――わたしの拒否にはいくつかの側面があります。まず、軍縮について話し合うというときにかつてないほどの最新鋭兵器の製造を開始するのは、少なくとも逆説的ではありますね。ロシア側とアメリカ側を結ぶジュネーヴの軍縮会議の議事日程には、「スター・ウォーズ」の検証が含まれています。しかしなぜ、まず平和への道筋を探ることをしないのか。

さらにまた技術的な現実化となれば、それが途方もない困難を極めるにちがいないと思われます。地球の周りをぐるりと取り巻く衛星を打ち上げ、それですべてを監視できるようにするというのは、軽々しい事業ではありません。敵のミサイルを破壊するためには、飛行開始から

☆8　冷戦時代末期の出来事(エピソード)のひとつ。一九八三年、ロナルド・レーガンは「スター・ウォーズ」の名でよく知られる戦略防衛構想(SDI)を打ち出した。異論の多いこの対ミサイル防衛軍事計画は、アメリカの領土にたいするソ連からのあらゆる核攻撃を回避するために、宇宙に「防御の盾」を築き上げるものとされていた。

三分以内にそのミサイルを止める能力が必要です。もしそれらのミサイルの五%がカバーを突き破って目標に到達するなら、アメリカ合衆国の人口の半数が消えることになります。一〇〇%の防御は非現実的なのです。じつはいま、アメリカ側の野心は地球全体をカバーし防御することにあるというよりも、彼らのサイロ、つまり彼らの所有する武器の格納場所あるいは保管場所をカバーし防御するということのほうにあります。その状況のなかで、ヨーロッパはどうなるのでしょうか。人びとはそれが核戦争の幕引きになるだろうと言いますが、いまのところ、ロシア側とアメリカ側はその領域で過剰武装となっています。

　ここでこの問題のすべての側面について扱うことはできません。わたしはアメリカ側のことも理解しています。彼らはロシア側が対軍事衛星防御の面で大幅にリードしていると本気で考えています。SDI〔スター・ウォーズ計画〕を評価し、それを可能だとするアメリカ人の学者は多いですよ。そしてわたしも彼らと同様に、人間は自らが構想することをいずれ実現すると考えています。要するに議論は始まったばかりなのです。

M・D——構想されたものは必ず現実になるということについては、かねてから懐疑がありました。たとえば戦後、ドイツ人学者のあいだにはひとつの懐疑があった。それは忘れ去られたけれど、いままた頭をもたげてきていますね。

F・M——オッペンハイマー[☆9]は自信をもっていましたが、しかし彼は大罪だと公言していました。わたしは信じていますし、繰り返しますが、人間が構想したもの、それを人間は成し遂げます。ときおり迂回し、またあるときには立ちどまったあとで、それでも人はそれを成し遂げます。最近、わたしはそのことを書いたのです。宇宙はいつか人が行き来するところとなるでしょう。

M・D――そしてその後は？

F・M――原子力を超えること、それは科学的信念からくる祈りです。

M・D――それは科学的発見などではありませんよね。

F・M――とはいっても、これもまた桁外れの科学的な現実的成果となるでしょう。

M・D――それはもう原子力ではないわよ。

F・M――おそらくそうですね。けれどもまだ予測不能の未来のことですから。そして共和国

☆9　ジュリアス・ロバート・オッペンハイマー（一九〇四―一九六七）。アメリカの物理学者、政府顧問として、初期の原子力爆弾の開発を指揮した。研究は戦時中（一九四三―一九四五年）に、ロス・アラモスで開始。共産主義者との過去のつき合いを理由に、一九五四年、処分を受け、原子力エネルギーに関する評議委員会（AECアメリカ原子力委員会）アドバイザーの職を休職した（一九四七年から一九五二年まで、彼はAECの委員長であった）。また、オッペンハイマーによる水素爆弾開発反対と武器製造規制支持については、何名かの政治家と軍人からの公然の反発があった。一九六三年に名誉回復、AECは最高の栄誉をもって彼を称えるエンリコ・フェルミ賞を授与。晩年を科学と社会の関係に関する研究に捧げた。

大統領としてのわたしは、即時的、短期的、中期的な備えをし、今日、生活している人びとの安全を守らなければいけません。しかしだからといって、わたしは遠くまで見通すことをやめませんし、これら二つの視点を両立させることに努めますよ。

M・D——とてもいい説明です。ええ、これでよくわかりました。世間の人びとも子供たちも理解すると思うわ。

F・M——アメリカの提案は、フランスのような国、あるいはヨーロッパのような国々にたいして、あまり利点がないのです。というのもわれわれは、ヨーロッパの東西に到達するために、大気圏外を通過したり、弾道学に訴えたりする必要がないからです。地表すれすれの高さで通過させることも、大気圏内にとどまらせることもできますからね。そして大気圏内にとどめながら、衛星からの監視を避けうるような速度と視認性の条件に合わせるわけです——現状のわれわれの知識の範囲でですが。ニューヨークとモスクワのあいだなら、大気圏外通過によって、たいてい早くなります。しかし東ドイツと西ドイツのあいだ、あるいはプラハとストラスブールのあいだでは、低空での通過のほうがダイレクトなルートとなります。よって、ともかく現在のヨーロッパにおけるわれわれの防衛のありかたは、ＳＤＩの防衛戦略に適合しないのです。そしてわたしが慎重になる理由のすべてに加えて、次のようなこともあります。つまり、わたしはフランスを代表しています。フランスでは、ＳＤＩに協力せよという声があります。けれども、それと引き換えられるものは何なのか。われわれは、そこからどんな利益を得られるのか。そこで産業的な決定や軍事的な決定にわれわれが関わることはないでしょう。そしてもしもそうした決定において自立性を失うなら、われわれのものとはならない利益のために、望みもしなかった戦争のなかに巻き込まれてしまう可能性があります。わたしが断固支持しているNATOは、そのようなことを要請していません。

M・D――あなたはいつか本物の平穏があたりを支配すると思いますか。

F・M――人間が存在して以来、つねに剣と盾のあいだの競い合いが――こうした比較は凡庸ですが正当です――ありました。SDIは突破不能の盾になろうという野心をもっています。すると科学者たちは、それを突き破る方法を見出すこと、つまり剣を改良することに注力します。彼らはそれを見出すでしょう。世界の始まりから、人間たちは権力を行使しようとして互いに争い合うのをわれわれは見てきています。どんなふうに争うのか。まず素手で。それから互いに距離を取り、直接的な接触以外で相手に打撃を与えることを覚えます。石、棒、矢などでね。互いの距離が徐々に開いていきます。それから大砲ですね、ビュロー兄弟[★10]の貢献によるもの。そしてシャルル七世の時代の新しいフランス式軍隊[★11]。ウルバンとコンスタンティノープル攻囲[☆10]……最初は砲丸で、次いで火薬で……。

M・D――だけど一九一四年にもまだ、身体同士が対峙することはありましたよ。

F・M——戦闘を終結させるためには、土地を占領しなければなりませんでしたから、身体同士の接触による打ち合いになります。すべての探査は最大限の正確さをめざしますし、攻撃したいところを正確に攻撃するにあたっても、可能なかぎりの距離を取ることをめざします。かりにいま、レーザーがわれわれ二人のあいだのこの小さなテーブルを吹っ飛ばすことができても、われわれに危害はないでしょうね。そこには新しいやりかたによって成し遂げられた決定的な歩みがあるのです。しかしわたしはその歩みを進歩とは呼びません。また、その反対だとも言いません。唯一の進歩とは平和であると思います。

M・D——絶滅するかもしれないというこの絶え間ない脅威にさらされる時代にあって、戦争は地球を拡張しようとするファクターになっていると思います。すでに小さすぎるのよ、地球は。

F・M——地球は異様に狭くなっていますね。だから人びとは、もはや別の場所を探しに出かけています。

M・D——けれどもその戦争という地球拡張ファクターは、新たな土地——人間が生きていけないような——を人間にもたらすのみというわけでもない。その土地をきっかけに人間は、大地、自分の住処、自分の故郷となるようなそれなりに生きていける土地を守ることができるようになるのでしょう。なによりも、戦争というあの地球拡張ファクターは、人間にはなんの役にも立たない。そこに語るべきことなどなにも見出せないのに、人間は知識や戦争を求めてその新しい土地に出かける。この、なにもないということには、二重の意味がある。まず、人間は無駄にそこに行くのだという意味。そして人間はこのなにもないということ、つまりその純粋な喜びを、そこに探しに行くのだという意味。

F・M――あなたは、未踏の地がいまもあることをご存じですか？

M・D――アマゾンの熱帯雨林があるわ。そしてわれわれがそれを台無しにしようとしているところよ。

F・M――他にもいくつかあります。ガボンやコート゠ジボワール、まだ他にもね。カナダとアメリカ合衆国のあいだのロッキー山脈にもそうした場所があります。幹線道路からあまり遠くないのですが、探検すべきところとして残っていますよ！

M・D――そこに地球最後の――それなりに純粋な――空気が見つかったというわけなのね（笑い）。一リットルの純空気。あの地方の、ラブラドール[★12]の北のね。で、それ（一リットルの

☆10　コンスタンティノープル攻囲は一四五三年。ウルバンはハンガリーの優れた冶金工。彼はビザンツ帝国皇帝に拒絶されたのち、オスマン帝国の若きスルタン、メフメト二世にその才能を捧げ、ビザンツ軍のものよりもはるかに強力で巨大な青銅製の大砲をトルコ軍にもたらして、歴史にその名を残した。

空気）が博物館にあるのよ、どの博物館か忘れたけれど。あなたがこんなに大切なことをどうやって知らずにいられるのか、理解できないわよ。

F・M――博物館に空気！　素晴らしい変革ですね！　しかしその空気はきっと傷んでしまっているでしょうね。

M・D――いいえ、そうじゃないの。瓶に詰めて密閉してあるので。展示しているのよ。あなたはどこで投票するの？　いつもシャトー＝シノンですよね。

F・M――ええ。三月十六日[☆11]にシャトー＝シノンに投票に行きます。

M・D――わたしの子供[☆12]が生まれたときに貸してくれた、あの小さな家に泊まるの？

F・M――もうそこには泊まりませんし、いま、誰が住んでいるのかもわかりません。あのときには貸していて、あなたにも使ってもらいましたが。まあ、いまもありますよ。風がね、家の中にいてもうるさくて……窓のすぐそばをひっきりなしに電車が通過しているかと思うくらいです。

M・D――ひどい音、そうだったわ。でも、どうしてですか。

F・M――いきなり切断されたような土地があったでしょう、丘の切り立った山腹が。それが三〇〇メートル下のヨンヌ河に向かって下っているからです。風がその中へと猛烈な勢いで吹き込むのです。

M・D――あの家で夜に一度、屋根の下でかすかな音がずっと聞こえていたことがあって、あたりを浸していくような感じだったのよ。あれは何だろうと長いあいだ見てまわりました。そうしたら川の急流のような赤アリの群れよ、大きなアリの集団が家の樋を移動していたのよ。いきなりニエーヴルでアマゾニアの経験をしたわ。まるで宣戦布告を受けたようにわたしたちは怖かった。数時間つづきましたよ、戦いが。赤ん坊が家にいたからとても怖かった。ものすごい大群で。散水用のホースで水攻めにしようとして、その次に灯油で焼こうと試してみたけれど、まったく効き目なし。火が回るよりも早く移動してしまって。それであとはきっと、あるとき重大な日付がアリたちの歴史に刻み込まれたにちがいないと思うわ。あのアリたちは大地の中心へと戻って行ったのよ。これも、子供たちへのお話ね。〔……〕

F・M――わたしは、友情と国家的義務の板挟みになったことはほとんどないですね。そうしたことは非常に稀です。しかし二、三度ありました。[★13] そのときには、とにかく説明し、釈明しなければなりません。内閣を改造してモロワと別れたときには、非常に嫌な思いをしました。

☆11　これも一九八六年の国民議会議員選挙のことである。フランソワ・ミッテランは、シャトー＝シノンで投票することを常としていた。

☆12　マルグリット・デュラスとディオニス・マスコロの子供、ジャン・マスコロは、一九四七年生まれ、あだ名はウタ。

彼は、その職務への貢献に感謝の意を表するに値する人物でした。そして彼は去りました。そうしなければならなかったからです。彼はそのことをよく理解してくれました。シャルル・エルニュ[☆13]が辞任したときには、わたしは悲しかったですね。あれもまたそうしなければならなかったのです。だからといってわれわれが友人であることに変わりはありません。

M・D——エルニュの辞任、あれは絶対に必要だとは感じませんでした。

F・M——政府高官が叩かれていましたので、大臣は高官らの上司として最終的な責任を取らなければならなかったのです。シャルル・エルニュはわたしに辞意を表明しました。わたしはそれを受け入れました。それが、彼にとって、わたしにとって、そして首相にとって、一定の国家概念つまりわれわれのその概念を〔国民に〕差し出すひとつのやりかただったのです。われわれはそれで苦しみました。わかっています、あのようなことはフランスではそうあることではない！　ともかく、わたしの政治的決定はいかなる点でもわたしの友情の輪に影響を及ぼすことはありませんでした。コルネイユ[★14]よ、わたしは毎朝起きるたびに友らと会っているわけではない！

M・D——ファビウス[★15]を不思議がる人びとは少なくないですよ。彼にはときどき面食らうわ。

F・M——彼は内閣のリーダーに必要な能力を備えた人物です。少なくとも一〇年間はわたしといっしょに仕事をしています。有能なのはわかっています。うまく内閣の舵取りをしていますよ。

M・D──ファビウスが内閣をうまく率いているのはわかります。とても謎めいた人ですよね。

F・M──本心を見せませんね。わたしも人からよくそう言われます。わたしはそれを長所だと考えるほうなのです。

M・D──彼のなかにはつねに、こちらに響いてくる苦悩のようなものがあります。

F・M──彼も非難を免れませんでした。人びとは彼を不当に激しく攻撃しました。[☆14] 若くして非常に高い職位につき、共和国最年少でありつつあまりにも有能であるということで、人びとは彼に償いを求めたのです。人はいつも何かを償わなければならないんですよ！

M・D──結局、人びとが非難しているのは、右派の喜劇役者たちのような売り込み方がファビウスにはできないということなのよ。彼はとても頑張ったわ。[★16]

F・M──ええ、きちんとやるべきことをやりました。

☆13　シャルル・エルニュは一九八一年五月より防衛大臣。一九八五年七月、ニュージーランド・オークランドの港にて、DGSE〔対外治安総局〕のエージェントにより〔ムルロア環礁のフランス核実験に反対する環境保護団体〕グリーンピース船レインボー・ウォーリア号が爆破され、ポルトガル人カメラマンが死亡。エルニュはこれを受け、騒動のなかで辞任した。

☆14　一九八六年の国民議会議員選挙戦は非常に厳しいものとなった。右派はジャック・シラクに率いられ、当時の首相ローラン・ファビウスを激しく攻撃した。

M・D――もう大丈夫ですね。彼は切り抜けましたから……

F・M――はい。それで、〔セルジュ・〕ジュリーがグリーンピース事件について書いている話に戻りますとね。彼は当時のわたしとファビウスの話し合いについて、「シャンデリアが揺れた」と書いています。ところがファビウスとわたしのあいだでは、ほんの少しでも大きな声が上がったことなどないのです。われわれにはそうした趣味はないのでね。さらに、われわれは等しく分析を共有し、等しく真実を追っていましたし。ジュリーが逸話をでっち上げたわけではないことは言っておきます。彼もまたそうした趣味をもってはいないでしょう。政治に関する噂はどのようにして生まれるか。さあ、考えてみましょうか!

M・D――彼はどうやってあれを、つまり彼の書物『ミッテランの時代』を書いたか、ご存じ? 五週間で書いたのよ。

F・M――それは感心ですね。

M・D――政治的出来事について彼は個人的に日記をつけていたのです。そこからなのね。あの本は五週間で書いた。ファスケル[☆15]は、彼がどこに向かって書いているのかわからなかった。三、四日ごとに原稿を取りに行って、順に印刷したんですって。ジュリーがそれを校正して、また書き進めて、という感じで。たぶんあまり時間がなかったのでしょう。

F・M――いえ、あれは自信のある、自分が書くものを確信している男ですよ。しかしやはり彼の本は、みごとに詳述された情報がぎっしり詰まっています。
M・D――そうやってしっかり詳述された情報のうち、印象に残っているのはどの箇所？
F・M――本質的なところですね。まさにローラン・ファビウスとわたしの関係についての箇所は除きますが、たぶんね。
M・D――では、フィリップ・ボシャール[☆16]の本は？
F・M――その本は、わたしはまだきちんと判断できるほどにはよく読んでいないのです。あの人はジャーナリストで歴史家、まともな人ですね。カトリーヌ・ネイ[☆17]の本、あれはまったく別次元です。わたしは、わたしについて書かれた著作の批評はしません。あなたはわたしを少しずつそちらへと仕向けていますけれど。これ以上はあなたについて行きませんから。先日、ある友人があなたみたいに「あの本をどう思いますか？」とわたしに尋ねたので、わたしは「とてもおもしろかったですよ」と答えたんです。「なぜですか？」「わたしの知らないことが山のようにたくさん書いてあって、勉強になりましたから」。わたしの幼年時代や人生につい

☆15 グラッセ社でセルジュ・ジュリーを担当した編集者。
☆16 フィリップ・ボシャール『二つのバラ戦争（夢から現実へ：一九八一―一九八五年）』(Philippe Bauchard, *La Guerre des deux roses (Du rêve à la réalité: 1981 à 1985)*, Éditions Grasset, 1986)。
☆17 カトリーヌ・ネイ『黒と赤』(Catherine Nay, *Le Noir et le Rouge*, Éditions Grasset, 1984)。

て、そしてわたしについて、ってね……(笑い)。

M・D——彼女は歴代共和国大統領の専門家ですからね(笑い)。わたしは彼女の本を読んだことはありません。今度は何が起こるのかしら! 選挙の前に。

F・M——フランスはですね、ご存じゴール人の住む国ですから。

M・D——あなたはまたゴール人から始めるつもり! そもそもどうしてゴール人だと言うの。ケルト人でしょう。

F・M——ゴール人、それはケルト人のなかでも特別なのです★17(笑い)。さあ、ここでやめましょう、おしまい。あなたの質問に戻りましょう。フランスでは、ひとつの政党が国民議会で議席の絶対多数を獲得するのは例外的で、驚くべきことなのです。こうしたことは一一〇年で一度だけ、一九八一年の社会党で初めて起きたのでした。いまのところ五つの思想の流れを見ることができます——もしも思想と言ってしまっていいならばの話ですが。それゆえ世論も五つの断片に分かれ、おそらく不平等にではありますが、それぞれが領域を分かち合っています。この事実により、人びとは相対的な多数派の観点から議論を進めざるをえなくなります。大統領選については事情が異なるようです。やはり物事をまたしても混乱させているのは、一時的な協約が交わされたにもかかわらず、現在の右派の対立☆18によって、大統領選に関する見解がはっきりと分かれていることです。

M・D――あなたはその領分の分かち合いにいまも関与しているの？　右派、それとも左派？

F・M――その言葉はあまり重要ではありません。過去の特権にしがみつく人びとと、前進をめざして闘う人びとがいるということです。いぜんからいつもそうでした。

M・D――あなたのお父様は歴史学の教授でしたね……いえ、間違えたわ、歴史学の教授はダニエル★18のお父様ね。

F・M――わたしの父は鉄道員でした。あなたが父のことを話しましたので、ミッテラン家について言いますと、ベリー地方★19の古いブルジョワの家で、ブールジュで何世紀にもわたってつづいており、そこにつながっています。少なくとも十五世紀からですね。ジャンヌ・ダルクの時代、王太子の側近のなかにすでにミッテラン家の人間がいましたから。ブルジョワの家ですが資産はない。代々、自ら道を切り開かなければなりませんでした。それで鍛えられてきました。わたしの父は気骨のある人でした。バカロレアを取り、その後も豊かな教養を蓄えていきました。彼はさらに勉学をつづけたかったのではないでしょうか。しかし、財政的な手段があ

☆18　当時ＲＰＲ〔共和国連合〕は国民議会選挙戦のために中道派と同盟を結んでいた。だが実際は、一九八八年大統領選挙のさい、とくにジャック・シラク、レイモン・バール両候補のあいだで分裂が表面化することになる〔共和国連合ＲＰＲは、保守中道団結をめざす国民運動連合ＵＭＰに改組されたのち、二〇一五年に共和党ＬＲに改称して今日に至る〕。

りませんでした。よって彼は十九世紀末ごろ、鉄道つまりＰＯ＝ミディ社〔パリ・オルレアン＝南部鉄道〕に就職しました。わたしがジロンド県の小さな町に住んでいたころのこと、ある日、市長がわたしの父の給与明細書を見つけたと言って、わたしにくれました。市長は元鉄道員で、以前は旧私企業の相続者にあたるＳＮＣＦ〔フランス国有鉄道〕の物品を仕分ける責任者だったのです。明細書は、エリゼ宮のわたしのオフィスの暖炉の上にあります。見せびらかすためではありませんよ。でも、わたしはこれに愛着があるのです。見てください……ここから始まりますよ。「一八九八年一月八日。班員。トゥール配属。手当、三フラン」。三フラン、どれほどの期間の手当てだったのでしょうか。まだありますよ。「荷物取扱い係……臨時輸送係……臨時……検札車掌……管理従業員――昇給をともなう――……助役……検査員……（何の検査なのかわかりませんね）……駅長……」。彼は職歴をアングレーム[★20]の駅長で終えることになります。

Ｍ・Ｄ――手書きだったのですね、その当時はタイプライターで打つのではなくて。おもしろいですね、こうした明細は。管理上の些事ですけれども。

Ｆ・Ｍ――いずれにしてもわたしの父は、家族、教育、その佇まいにおいて、ブルジョワであったことに変わりはありません。

Ｍ・Ｄ――いいえ、鉄道員はブルジョワではなかった。とにかくいつだって職が条件を決定してきたし、いまでも決定しているわ。

F・M――父の職歴が労働者の仕事で始まったとしても、最後にはかなりの水準の管理職の責任を担うものになりました。こんなことを言うのも正確を期するためです。そもそも父が退職した時代というのは、第一次世界大戦終結から間もないころで、彼は会社を、つまりわたしの母方の祖父の商売を受け継いだのです。ブールジュのかなりのブルジョワですよ！　その直系の祖先というのは、見ていきますと、ベリーの運河の従業員、リモージュ市[★21]の工事長、PO＝ミディの路線視察官などがいます。わたしの母方もサントンジュ[★22]のブルジョワです。最近になるにつれてのんびりすることが多くなって、だんだん出歩かなくなりましたけれども。

M・D――あなたはシャラント出身だと思っていましたよ。クロード・ロワ[☆19]と知り合いになったのはそこでのことですよね。

F・M――ジャルナック[★23]はサントンジュ地方にあるんです。われわれは二人ともジャルナック

☆19　クロード・ロワ（一九一五―一九九七）はフランソワ・ミッテランの親友であり、マルグリット・デュラスの友人。シャラント地方およびスペイン地方を出自とする祖先をもつ。デュパン街での出来事（エピソード）のころには、彼らにとって大きな存在であった。戦争中の一九四〇年、捕虜となるが脱走し、詩を書き始める。レジスタンス闘士として活動し、共産党に入党、ハンガリー動乱後の一九五七年に離党。フランス解放（リベラシオン）時にクロード・ロワはジャーナリスト兼作家となる（詩、批評、小説、時評、旅行記、芸術家伝、児童書を手がける）。一九八五年、詩にたいするゴンクール賞第一回受賞者となる。一九九五年、その作品全体にたいしギヨーム・アポリネール賞受賞。彼はフランスの重要な伝統であるヒューマニズムを体現した。

出身です。彼のほうが少し年上なのです。二人ともアングレームの寄宿舎に入っていまして、わたしはコレージュの生徒で、彼はリセの生徒でした。いっしょによく出かけましたよ、一一、二歳でしたね。アングレームでは、駅から車両へとよじ登ったりね。思い出しますよ、真冬でわれわれの指はしもやけ、どちらも半ズボンをはいただけなので膝小僧は紫色。通学鞄があまりにも重くて、三〇〇メートルごとに立ちどまったこと。一五、六歳のころには『新フランス評論』（NRF）の冊子をめぐり、文学について丁々発止の議論をし始めました。

M・D――リヴィエール[20]の時代ね。

F・M――もう少しあとですね。リヴィエールが編集長だったのは一九二〇年から一九二四年、われわれの話は一九三〇年のことですから。リヴィエールとアラン＝フルニエは、ご存じのとおり、義理の兄弟でした。[21]あなたは年老いた女性たちのあの闘いについてお聞きになったことがありますか。シモーヌは一〇七歳で亡くなったばかりです。彼女の回想録の第二巻目は素晴らしいですよ。『新たな日の光のもとに』[22]というタイトルでね。非常に美しい書物です。彼女はそこで、アラン＝フルニエとの知られざる関係について語っています。大恋愛でした。そしてアラン＝フルニエは一九一四年に殺されました。その後は、おそらく彼の記憶への敬意からだと思いますが、人びとはなにも語りませんでした。シモーヌの話を読んでみてください。彼女はアラン＝フルニエが亡くなった晩のことを語っています。シモーヌは、アンリ（アラン＝フ

ルニエ）の母といっしょにルルド巡礼に行ったのです。二人はホテルに泊まったのですが、夜、

☆20　ジャック・リヴィエール（一八八六―一九二五）は当初、第一次世界大戦以前のアンドレ・ジッド編集長による『新フランス評論』の秘書であったが、一九一九年、編集長に就任。彼自身も執筆、のちにクローデル、プルースト、ジッド、モーリヤック、ヴァレリー、サン゠ジョン・ペルス、ジロドゥー、ジュール・ロマンなど、数々の大作家を世に送り出した。一九二五年二月、夭折。「ジャック・リヴィエール追悼号」（『新フランス評論』特集号、ガリマール、一九七二年、*Hommage à Jacques Rivière*, numéro spécial de la NRF, Éditions Gallimard, 1972）を参照のこと。

☆21　ボルドー地方出身のジャック・リヴィエールは、ソー〔パリ郊外南西部に位置するコミューン〕のリセ・ラカナルにて高等師範学校入学試験を準備、そこでアンリ・フルニエ、すなわちのちのアラン゠フルニエに出会う。二人は友人となり、ほぼ毎日のように手紙を交換するが、そこには二人が文学的な感覚と野心を徐々に鍛えていった様子が窺える。一九〇八年八月二十四日、ジャック・リヴィエールはアンリの妹イザベルと結婚。この年の暮れ、リヴィエールは『新フランス評論』を創刊したばかりのジッドに出会う。彼は一九一〇年より『新フランス評論』に参加。イザベルは夫と兄の作品を見守ることになるが、彼らの名声に嫉妬する。彼女は三人が分かちもつキリスト教的価値観を守る立場から、シモーヌ夫人回想録について、アラン゠フルニエとシモーヌ夫人の関係に見るべきものはないとし、その価値を否定しようとした。次の注も参照のこと。

☆22　『新たな日の光のもとに』（Simone, *Sous de nouveaux soleils*, Éditions Gallimard, 1957）。アラン゠フルニエはその死の前の十八ヶ月のあいだにクロード・カジミール゠ペリエ〔一八八〇―一九一五。フランスの作家であり、第三共和政大統領ジャン・カジミール゠ペリエはクロードの父〕の秘書となり、まもなくその妻であり、シモーヌ夫人の名で知られる有名女優と恋に落ちる。アラン゠フルニエと彼女のあいだの関係がこの書物のなかでくわしく語られている。

シモーヌは激しい不安に襲われて突然目を覚ましました。彼女は旅の連れであるアンリの母の部屋に駆けつけて、二人でいっしょに祈りました。アラン＝フルニエが亡くなったのは、その瞬間だったようです。ジャックの未亡人イザベル・リヴィエールが、宗教的な信念に背くその関係の存在をずっと否定しつづけたということも思い出してください。過ぎ去りし愛の物語のために、その二人の女性のあいだにどれほどの確執があったことか！

なぜ、こんなことをあなたに話すのか。わたしは最近、エピヌイユ＝ル＝フルリエルのグラン・モーヌの学校を訪ねました。[★24] わたしの祖父シャルル・ミッテランの生地から数キロメートルのところにありましてね。エピヌイユの校長先生と奥さんは、思いもよらないほど最高のガイドです。そこで味わう空気はわたしのふるさとのそれで、そこが彼らの故郷、彼らの感じ方でもあるのです。アラン＝フルニエからクロード・ロワまでの距離はさほど遠くありません。シモーヌについては、なんと素晴らしい人物なのでしょう！　わたしは彼女のことがよくわかりましたよ。

M・D――シモーヌ夫人と呼ばれているのは、彼女ですか？

F・M――ええ、ええ、一〇〇歳ぐらいまで達者でいました。

M・D――まだお客をしていたようですね。

F・M――内面に本当の豊かさを湛えた人生を送って一〇七歳で亡くなりました。あの豊かさが生きる糧になるんですね。わたしの友人にフランス学士院会員のサマラン氏[★25]がいますが、彼は一〇三歳で亡くなりました。彼が亡くなる少し前に、わたしはノガロ[★26]の病院にお見舞いに行きました。一〇〇歳の記念に彼は各地で講演をしようとしていました。とくに日本でね。一〇一歳のときには、彼はミュンヘンで古文書司書・古文書学者会議議長を務め、そのさいになんとドイツ語を復習していましたよ！ そのころ、わたしは彼とジェール[★27]で昼食をごいっしょしました。フォアグラ、コンフィ、セップ茸、アルマニャックブランデーなど、全部いただきました。食事の最後のコーヒーのときに彼はわたしにこう言いました。「今晩、パリに戻らなければなりませんので、これで失礼します。席を予約しなかったので、夜のあいだじゅう、立ちっぱなしになるかもしれませんが[★28]」。最後の訪問のときには、もののはかなさについてのホラティウスの詩を諳んじてくれました。ああ、なんという英知との出会い！ マルグリット、今日は楽しかったですよ……

M・D――いつも楽しいわ。で、またひとつ質問ね。どうしてあなたは、あんなに遠くて海のすぐそばの家にしようと思ったのかしら。

F・M――アキテーヌとランドは、わたしの基本路線(ライン)であり、旅路なのです。シャラントはわたしがいつも立ち返る宿です[★29]。

M・D――シャラント、なんて美しいのでしょう。サント、神秘的な町、フランスでもっとも麗しい町のひとつね。そしてオネー＝ド＝サントンジュ、[★30] もっとも優美な教会のひとつ。
F・M――オネーをご存じなのですか。ああ、あの教会はギリシャ神殿に匹敵します。オネーの教会は世界の傑作のひとつですね……

第4章　アフリカ、アフリカ

一九八六年二月二十五日
エリゼ宮にて

マルグリット・デュラス（以下、M・D）――アフリカについて話してくださいな。

フランソワ・ミッテラン（以下、F・M）――地理的な話？　それとも歴史の話ですか？　あるいは別のこと？

M・D――あなたのアフリカへの愛について。

F・M――あなたはいつも世界じゅうを抱きしめますね。どこから行きましょうか。

M・D――大きいわね、アフリカって。ほら、ここから行きましょうよ。ロシアが二二五〇万平方キロメートル、中華人民共和国が一〇〇〇万平方キロメートルに対して、アフリカは三〇二二・五万平方キロメートルの広さがあるわ。

F・M――わたしは、ポワティエ[★1]でバカロレアを受けました。昼食の時間でね。一時十五分でした。みんなお腹がすいていました。歴史の試験官が時計を見ましてね、まだ試験の質問をしなければならない生徒がひとり残っていることに明らかにうんざりした様子でした。それで彼はわたしにこう言いました。「ナポレオンについて話しなさい。五分間の時間をあげます。」あなたの進め方もこんな感じのことがしょっちゅうで。ひとつのテーマを扱うのに最悪の条件ですから！　どこから始めますか。アフリカから、アフリカへのわたしの愛についてですか。まず、北アフリカとブラック・アフリカを分けて考えましょう。ブラック・アフリカはあのころ、つまり終戦直後は、われわれから非常に遠いものでした。わたしが初めてそこに行ったのは一九四七年でした。三〇歳のときで、ある種の鮮烈な印象を受けましたね。その世界に入っていき、魅了され、結局は虜になりました。非常に多様性に富んだ世界で。あの眠っているように見える巨大な大陸のなかに、わたしは目覚めの兆しを見て取ったように思います。そんなふうに、アフリカではほぼ偶然にいろいろな場所に行きました。そしてその後は毎年行くようになりました。友達もできました。現にその当時の政治関係の責任者とはみな知り合いになりました。

M・D――彼らとはいまもつきあっているんですか。

F・M――ずいぶん時間が経ちましたからね。例外もありますが、新しい世代が舞台の前景を占めてきています。わたしはその世代の人たちとも知り合いです。一九五〇年頃、海外領土担当大臣、つまり実際にはアフリカ担当大臣ですが、その役に任じられたとき――この役を切望していました――、わたしはいまでいう独立運動の指導者たちと関係を築くことができました。それらの運動のなかでもっとも重要なのは、フェリックス・ウフェ゠ボワニ[☆1]率いるアフリカ民主連合[★2]です。政治的、文化的、経済的に植民地国家ならびに隷属状態に縛りつけられたままの彼らは、それらを拒否し、独立を支持していました。彼らは自らのアイデンティティを意識してきました。アフリカにおいてアイデンティティとは複雑な概念です。というのも、各民族が非常に大きな規模で混ざり合っているからです。それら民族の多く、というよりむしろ大半は

☆1　フェリックス・ウフェ゠ボワニは、コートジボワールの初代大統領（一九六〇―一九九三年）。一九四四年、アフリカ農業組合を設立、これはのちにコートジボワール民主党となり、次いでアフリカ民主連合（ＲＤＡ）へと合流することになる。ウフェ゠ボワニはまた、一九四五年、一九四六年のフランス憲法制定議会のメンバーでもあり、一九四六年から一九五九年までフランス国会のコートジボワール代表でもあった。初めに共産党と、次にレジスタンス民主社会主義連合（ＵＤＳＲ）と連携し〔ＵＤＳＲはレジスタンスから生まれた唯一の政党で、一九四六年十一月、ニエーヴル県から立候補して下院議員初当選を果したミッテランはここに加入、その後まもなく海外領土担当相に就任した〕、第四共和政期に複数の大臣職を経験。ここで話題になっているのはその時期のことである。一九五八年、コートジボワールがフランス共同体〔フランス共和国――海外県や海外領土を含む――と旧フランス領植民地独立国からなる国家連合体〕のもとで自治権を獲得したさい、ウフェ゠ボワニはコートジボワール憲法制定会議議長に就任、一年後にコートジボワール首相になった。一九六〇年八月には、コートジボワールとフランスの結びつきを解消し、独立を宣言。しかしながら以後も二国間の緊密な関係は維持された。

と言うべきでしょうが、彼らは東からやってきて西に向かい、大西洋岸にたどり着きました。彼らは次々にそこに到着したあと、真に融合することはありませんでした。独立国家の建設は、旧植民地の境界線をもとにむりやり国境で分断することによって、アフリカの歴史に決定的な変化を招きました。

M・D——それらの国々の人たちのあいだに、フランスの話し言葉やフランス語というものが共通のアイデンティティをもたらすこともありますよね。

F・M——フランス語は諸民族のあいだのコミュニケーションに必要なものです。コートジボワールのような国にはおそらく数百の方言があります。それらの方言で互いに通じ合うのはむずかしいでしょうね、フランス語とドイツ語がそうであるように。すると人びとは互いを理解できません。ここにフランス語の有用性があるのです。ブラック・アフリカの諸国家は、彼ら固有の言語から場合により二つ、三つ、四つほどを選び、それらを国語と定めました。フランス語はそれらの重層的な言語の上に、無理なく積み重ねられました。

M・D——彼らがあれほど上手に話せるということが信じられないわ。

F・M——能力もあります。必要性もある。そしてそれが人びとのあいだに広まっていきます。たとえばラテンアメリカなど、われわれのことを気に入って文化を高く評価してくれる他の国々では、フランス語の使用は指導者層に限られているのですがね。

M・D——ジャン・ルーシュ[★3]の映画の、とくにあの傑作『コケコッコーにわとりさん』[☆2]のサビール語[★4]は素晴らしいわ。あれは一種の国外逃亡したフランス語、その喜劇版ですよ。まさしく民衆レベルの。あなたはアフリカが好きなんですね。で、たとえば……どういったところが好きなのかしら。

F・M——驚かれるかもしれませんが、わたしには家族のように思えるんです。わたしの政治人生において、ブラック・アフリカとフランスのあいだの武器と流血の衝突による致命的プロセスの回避、あれほどに有意義な働きかけをしたことはほとんどありません。ブラック・アフリカでの悲劇を避けましたから。こうしたことが可能になったのもほとんどは、一九五〇年と一九五一年にウフェ゠ボワニ、サンゴール[☆3]、ママドゥ・コナテ[☆4]、ウーザン・クリバリ[☆5]など当時の指導者らと固く交わした合意のもと、他の人びととも協同しながら将来に向けて開かれた政

☆2　『コケコッコーにわとりさん』（*Cocorico ! monsieur Poulet*）は、一九七四年公開のフランス・ニジェール合作ロードムービー。ジャン・ルーシュ（一九一七―二〇〇四）は、一二〇本以上の映画を撮影したが、その大部分はアフリカを主題としている。

☆3　レオポルド・セダール・サンゴールは、一九〇六年セネガル生まれ。アフリカ人として初めて大学教授資格を取得、第二次世界大戦前に文学の教授となる。フランス人とともに戦争に参加、一九四〇年に投獄される。一九四五年、セネガル選出の議員となるとともに、第一詩集『闇のうた』（*Chants d'ombre*）を発表。次いで一九五五年、首相付閣外相に選ばれ、一九六〇年、セネガル共和国の初代大統領に就任、一九八〇年まで務めた。一九八三年、アカデミー・フランセーズ会員に選出される。

治を打ち出すことができたからです。ガストン・ドフェール★5はこの政策にたいし、一九五六年の基本法でその制度の基盤を整えてくれました。☆6

M・D――その政策で、なにか新しいことが始まったのですか。

F・M――アフリカの現実を負って立つ真のリーダーたちとの対話が始まりました。彼らはそれぞれの国で植民地行政から無視され、抑圧されてきており、多くが投獄、流刑、脱走、追放の憂き目に遭いました。彼らを犯罪者であるかのようにとらえる人もいるかもしれませんが、仲間の権利を――たいていの場合、非暴力で――擁護しようとしたがために死刑を言い渡された人たちもいます。わたしは彼らにパリに来てもらいました。あの人たちを保護しなければなりませんでした、というのも彼らは刑罰を受けるおそれがあったからです。

旧友のウフェ＝ボワニのことを思い出します。あの若いバウレ族★6の医師は人びとを守ってきました。たとえば、黒人の生産者は白人の生産者と同等の利益を得られるはずだと主張しながらね。当時、あのあたりの市場では「白い」コーヒー一キロのほうが「黒い」コーヒー一キロよりも高かった。アフリカ人の協同組合は禁止されており、組合長は投獄された。ウフェ＝ボワニも脅迫され、経済的平等性を要求したからというただそれだけの理由で非合法者となった。要するに植民地国家ですよ。

M・D――彼らとフランスを結びつけたのはなによりもまずあなただということを、非常に強く感じますね。

F・M――わたしは彼らとの友情を守ることができました。それゆえに、彼らをフランスに固く結びつけることができたのです。しかし、このような例はわたしひとりだけのものではありません。

☆4　ママドゥ・コナテ（一八九七―一九五六）はアフリカ民主連合（RDA）の創設者のひとり。RDAの憲法制定会議を経て、フェリックス・ウフェ＝ボワニは連合の総裁に、ママドゥ・コナテは副総裁に就任。二日後の一九四六年十月二十二日、RDAのスーダン支部であるスーダン連合が、ママドゥ・コナテをリーダーに迎え、結成される。アフリカ民主連合スーダン同盟（USRDA）の候補者として、一九四六年十一月、下院議員として当選。黒人初のフランス国民議会副議長となる。一九五二年以降はスーダン政府首脳として、脱植民地化に関する議論で重要な役割を果たした。力のかぎりを尽くした独立前の一九五六年五月十一日、惜しくも亡くなった。

☆5　ウーザン・クリバリは一九〇九年生まれ。一九三七年、モディボ・ケイタ（一九一五―一九七七）〔マリ共和国の初代大統領〕とともにフランス領西アフリカ教員組合を結成。ウフェ＝ボワニの親友だったが、一九四七年のオートボルタ〔ブルキナファソ〕とコートジボワールの分裂以降、その生涯をオートボルタに捧げた。一九五六年一月、ウフェ＝ボワニと同期でフランス議会議員に。一九五七年、RDAの総裁として選挙に当選、政府審議会副議長に就任。一九五八年九月七日、パリで死去した。

☆6　一九五六年六月二十三日、国民議会はガストン・ドフェール基本法を可決。これはブラック・アフリカ植民地の地位を改革するもので、地域住民の普通選挙を承認、一九四六年設立の海外領土議会の権限を強化し、行政の脱中央集権化を進めた。

M・D――個人が、つまり個人的要素がそのようなところで賭け金になることは、あまりないのではありませんか。
F・M――アフリカ人は情に厚く、誠実な人びとです。人づきあいは彼らにとって互いのあいだできわめて重要です。アフリカの最近の衝突は、マリとブルキナファソ☆7のあいだで数日間にわたりつづいたものですが、人間関係の力によって、そしてまたここでもウフェ＝ボワニや、さらにはエヤデマ☆8大統領やセネガルのアブドゥ・ディウフ☆9大統領といった有識者らの介入によって、調整が可能になりました――わたしはそれがつづくことを願っています。アブドゥ・ディウフはまた、アフリカ統一機構☆10の議長でもあります。この機構には、南アフリカを除くほとんどすべてのアフリカの国々が集まります。モロッコとザイールは欠席していますが。たとえばヘルシンキ★7のように実質的に組織され、学術的で外交的なやりとりとしてではなく、われわれの大陸の東西を真に結びつけるようなもの、そうしたヨーロッパ全体のための唯一の機構を考えてもらえればいいでしょう。
M・D――ディウフ氏は並外れた人ですね。
F・M――ええ、きわめて有能な人です。
M・D――伝説的とも言うべきあの知性とやさしさをもって、彼もまたマルクス・アウレリウス・アントニヌス★8やエメ・セゼール★9、サンゴールのあとを継ぐ、歴史のなかの偉大な詩人政治家の仲間入りをしようとしていますね。

あなたには、ありのままのアフリカについてわたしに話していただきたいのです。アフリカはどのようになっていきますか?

F・M――ブラック・アフリカの人びとは大半が貧しく借金があり、設備が不足しています。もともと極端に厳しい自然環境――干ばつ、降雨、トルネード――がわずかばかりでも急変すると、耕作地があれば大損害を受け、人や動物や植物は死にます。たえず不均衡な状況にある大陸なのです。しかし、そこで生きる人びとにとって勝負はもはや決まったというわけではあ

☆7 両国は緊張関係がつづいている。とくにアガシェは争われている地域であり、その管理をめぐり対立がある。マリとブルキナファソのあいだの国境紛争はこれが初めてではない。

☆8 ニャシンベ・エヤデマ(一九三五―二〇〇五)。一九六七年よりその死まで、トーゴ共和国の大統領を務めた。

☆9 アブドゥ・ディウフは、一九三五年九月七日セネガルのルーガ生まれ。まずダカールで法律を学びパリで勉学をつづける。一九六三年、サンゴール大統領のもとで官房長官、一九六四年、セネガル共和国大統領府幹事長。一九六八年から一九七〇年にかけて総合政策産業大臣を務め、さらに一九七〇年、首相に指名された。サンゴールの大統領辞任にともない、一九八一年一月一日、セネガル大統領に就任。一九八三年、一九八八年、一九九三年の選挙でも選出され続投。二〇〇〇年三月十七日、大統領選第二回投票で敗れ、アブドゥライ・ワッドにその職を譲った。

☆10 アブドゥ・ディウフは、一九八五年―一九八六年および一九九二年―一九九三年、アフリカ統一機構(OUA[英OAU])(一九六三年五月、エチオピアの首都で設立)の議長を務める。

りません。彼らのなかの、農業従事者、職人、商人、労働者、知識人、学識者らは他との比較に耐えうる水準にあり、切り札となるかなりのものをもっています。けれども基盤が脆弱なブラック・アフリカは外的決定による経済的・財政的変動に翻弄されやすく、その原料は欧米市場の投機にしたがって値段が乱高下するとともに、アフリカの豊かさにたいする開発問題を考えた着実な計画、たとえば少なくとも二〇年間を視野に入れた計画が存在しないのです。

M・D――アフリカの習慣のなかには、たとえばナイジェリアなど風土的な残酷さがありますね。あの大勢の労働者は景気がいいときには受け入れられるけれど、景気が悪くなると――一週間で二〇〇万人から三〇〇万人もの人びとが――追い出される。

F・M――ナイジェリアは自己を探っている最中の国です。アフリカでもっとも人口が多く、一億人以上の人びとが住んでいます。連邦制であり、各州は吸収合併のほぼ不可能な独自の実質を有しています。均質化するのはむずかしいですよ。ええ、ナイジェリアは容赦なくばっさり割り切って数十万人もの外国人を強制退去させました。しかしこの国はそれ自体でひとつの世界になっているのでね。

M・D――それです。そしてそのばっさり割り切ること（シンプリズム）というのはすでにファシズムです。ファシズムという考え方を知らずにいるとしてもね。

ブラック・アフリカはどこから始まるのかしら。トンブクトゥ[★10]からですか。

F・M――セネガル川[★11]やニジェール川[★12]、チャド湖[★13]やアビシニアの山岳地帯[★14]、広大なサハラ砂漠の南部といったところですね。
M・D――ルネ・カイエ[☆11]がたどり着いたところね。
F・M――そうです、彼がたどり着いたのはそのあたりです。ルネ・カイエはニオール[★15]出身で、わたしとほぼ同郷の人です。子供のときには、よく彼の話を聞かされたものですよ。わたしがトンブクトゥに初めて行ったとき、それだけでもう目前にあのイメージが広がりましてね。ナイジェリア、より正確にはカノ[★16]ですが、そこでわたしも彼と同じく、消え去った時代の面影を残す、想像を絶するものを見たような気がしました。家々があり、練り土の塔が細い杭のようにそそり立って並び、モスクがあり、ムアッジン[★17]がいて、いたるところ赤茶けた色彩が目に入ります……

☆11　ルネ・カイエ（一七九九―一八三八）は、冒険家、探検家、博物学者。一八一七年、一七歳の彼は無一文でアフリカに向けて船旅に出、ダカールに到着。当時、人びとはこのアフリカ大陸について沿岸地方の貿易拠点しか知らなかった。ここで彼はイスラム教に改宗、変装して西アフリカじゅうを放浪、一八二八年、トンブクトゥにたどり着く。ヨーロッパ人としてその地から初めて生還した。のち、サハラ砂漠を横断し、モロッコ経由でフランスに戻る。彼はこの旅行を『トンブクトゥとジェンネへ中央アフリカの旅の記録』（*Le Journal d'un voyage à Tombouctou et à Djenné dans l'Afrique centrale*）に書き残した。

M・D――モーリタニアは地図帳で見ると、ほとんどなんにもないですね。モーリタニアという言葉がそのスペースをまるごと占領していて。探してみると、もう二つ、とても小さな言葉が見つかります。ヌアクショットという言葉と、それからヌアディブという言葉[★18]。もっと探せばさらに別の六つの名前も読めます。ずっと続いていく道路が一本あって、ダカールから来てセネガルのサン゠ルイを通り、きっとモロッコまでのびているのよね。そこには一〇〇万平方キロメートルにたいして一五〇万人の住民がいるのですが、これは一平方キロメートルあたりの住民が一・五人という計算になる。ラスコーの時代のフランスがだいたい同じくらいでした。ロレーヌ台地から大西洋にかけての地域で一〇万人いた。アフリカの数値は悪くないわ、言葉通りの意味でね。子供たちのためにもうひとつ情報があるわよ。つまりセネガルのサン゠ルイの町は、セネガル川の河口の島の上に築かれています。これを一六三八年に作らせたのはフランス王ルイ十三世[★19]だった。その町はとても美しく、いまは人が住まなくなり、寂れていると聞くわ、小説の終りのようにね。
F・M――モーリタニアは最近の国家ですよ。あなたがおっしゃる首都ヌアクショットが建設されるのを見たことがあります。サン゠ルイにも滞在しました。町の中心部は映画の舞台のように、整然としながらも寂れた町の郷愁を感じさせます。蕩尽の世紀の真実ですね。
M・D――チャドはあなたの気をおおいに引いていますね。

F・M――チャドはいまだかつて、その語の意味するところの国家が形成されたことはありません。フランス植民地時代には政治的な統一を維持するだけの能力がありました。しかし独立後は戦争が絶えません。国はいまだ建設途中です。イッセン・ハブレ[☆12]はそうしたことのできる度量をもって出てきた最初の人物だと思います。黒人人口の影響力は大きく、チャド全体の人口四二〇万人のうち、およそ三五〇万人の住民を占めています。他の人びと、たとえば北部の住民は砂漠の人たちですね。北部はただただ美しいところです。いくつかのオアシスとナツメヤシの木々だけがあってね。

本当のところはわかっていないのですが、地下資源が埋蔵されているのではないかと推測されています。チャドの南部はさほど貧しくはありません。チャドの生産物のすべては南部からのもので、とくに綿花はそうです。開発が望まれる地域の典型でもあります。

M・D――そしてまたあの湖、二万五千平方キロメートルのチャド湖があるわ。レマン湖の五〇倍の大きさ。学校では、チャドはアフリカの植民地のうちでもっとも影響力のある地域であり、一種の衛兵所のようなものだと教わりました。そこで人は砂漠を見張る。砂漠は詩の窓口。

☆12　イッセン・ハブレは一九四二年生まれ、一九八二年から一九九〇年まで旧フランス植民地チャドの指導者であった。のちに現大統領イドリス・デビによる政権奪取があり、ハブレはセネガルへ脱出した。

チャドは北回帰線と赤道のあいだ、アフリカ大陸の幾何学的中心、あなたが語るその美しさの真ん中に位置している。その美しさのなかにはチャド、チャアドという言葉の美しさも入るはず。

F・M――そのアフリカ大陸の幾何学的中心を地球の極点から分かつ距離が、キロメートルで示されている掲示物を見ましたよ、チャドのヌジャメナ[20]の近くでね。そこがケープタウンよりもレイキャヴィク（アイスランド）のほうに近いと知って、とても感動しました。[21]ああ、アフリカの濃密さ！　そして砂と葦の中に紛れ込んでいるのがチャド湖。これから数年間にわたる開発のための貯水タンクになるはずですが、しかしまだ整備が整っていなくて……。

いぜんとして十分な灌漑の設備もありませんし。あの戦闘地域は、平和に向けての作業が延期、また延期で……

M・D――アフリカにはいくつかの種類の砂漠があります。砂砂漠、岩石砂漠、丸い小石の礫砂漠、そして溶岩砂漠。

F・M――それから、ティベスティ[22]のような、風で削り取られた山岳。

M・D――あなたはカダフィのことをお話ししたくなくて？

F・M――カダフィについて、わたしに何を話してほしいと？

M・D――カダフィについてあなたが思うところ。ある意味でわれわれみんなが彼について思うところ。

F・M——心理学研究は今日はあまり気が乗りませんね。

M・D——わたしも気乗りしないわよ。でも、わたしは人物について言ったのよ。あの人物には、きわめて深遠なる一貫性があるのか、それともきわめて深遠なる非一貫性があるのか。

F・M——彼の思想には、アラブ民族の国家を実現したいと考えるアラブ人としてのきわめて深遠なる一貫性があります。しかし、彼の行動はそのかぎりではありません。

M・D——それよ、わたしもまさにそう思っていました。

F・M——彼は、面積が大きく人口の少ない、せいぜい二〇〇万人しかいない国を指揮しています。リビアが国民をより有能でより強力なものにし、かつ人口を増やせるとは思えないですね。周囲の世界が彼を警戒しているということ、これは容易に理解できます。リビアは五〇〇〇万人の住民を抱えるエジプトと、今世紀〔二十世紀〕末にはその住民が四〇〇〇万人を越えるだろうとされるアルジェリアに挟まれていますが、そのなかでリビアが考えるべきは、諸外国の誰ひとりとして望まない軍事的対決のためというよりも、むしろ平和的競合のために、自らを整備することではないでしょうか。

M・D——あの素晴らしい革命をご覧になったわよね、つまりライですけど——ライはアラビア語で「考え、見解、雨乞いのあいだの灌漑」という意味。[★23] あの革命は、アルジェリアの古典音楽つまりアンダルス音楽を捨ててライを選び取ることを表明するもの。ライはオランを起源とし、アルジェリア南部のダンスのリズムをもつ、西洋的で同時にオリエンタルなロック音楽の一種です。若者が何千と集まるコンサートも開かれています。彼らは幸福で輝かんばかり。ああしたモダンダンスのインターナショナルのようなもの、神秘的な感じとともに若さに働きかけて自立した自由な身体をつくるあの素晴らしい動物的なリトミック、これらに対抗してできることなんてなにもないでしょうね。すぐに流行るわよ。ソ連もパソドブレとビートルズまで来ているのだから。中国はスイングまで行くかしら。でも、アルジェリアは違うのよ、つまり、シェブ・ハレド、シェブ・サラウイ[★24]、ライ・ナマのグループとともにフランスにやって来たのがライなのよ。

F・M――音楽にせよ何にせよ、とにかくアルジェリアでは出生率が非常に高く、人口はこの二〇年で二倍になっています。これは指導層にとって、解決のきわめて困難な問題の所在を示しているものです。彼らは製品や設備の改良に取り組みますが、つねに人口が要求するレベルを下回ったままなのです。とは言いながら、しかし各世代のたくさんの人びとが、作り出し、創造し、将来を信じているというのもまた本当のことですよ。

M・D――あなた自身が行きたいと思うのは、まずはエジプトですか。

F・M――わたしは、エジプトとエジプトの人びとが好きです。おそらく、親近感の問題ですね。彼らの歴史には感嘆しますし、彼らの存在には魅了されてしまいます。それにわたしは、エジプトの指導者たちと強い結びつきがありますから。彼ら自身も、フランスにおおいに友愛の情を抱いています。

M・D――エジプトに楽しみのために行くことはありますか。

F・M――サダト暗殺[★25]のときにエジプトに弔問に行きました。それから一九八三年に公式訪問し、楽しみと休養のために昨年十二月に旅行をしました。カイロに行きましてね、そしてとくにナイルをゆっくり下り――というよりむしろさかのぼり――、あちらこちらととどまりながらアスワンまで行きました。次はわたしをもっとも魅了する地中海の主要都市のひとつ、アレクサンドリアを見て回り、さらに知識を深めたいですね。

M・D――アレクサンドリアは世界の大都市ですね。カイロは、イギリス人が呼ぶところの「カルカッタ〔コルカタ〕・ポイント」に達したように見えます。カイロにたいしてはもうなにもできない。カイロはコルカタのように、人びとが救おうとしてありとあらゆることをするよりも先に崩壊に向かうのです。

F・M――事態はまったく悪化していませんよ。

M・D――わたしも以前はあなたと同様、そうではないと思っていた。場所や物事の堕落した状態をいつでも埋め合わせて取り戻すことができると思っていました。でも違います、間違っているように思います。コルカタは、その閾に数年前に達してしまったのではないでしょうか。カイロについては、すでに五年前にそのことが言われていました。「カルカッタ・ポイント」、それはその場所の崩壊が復興にかかる期間に追いつき、追い越してしまう時点のこと。ひとつの建物を作るために必要な時間のなかで、あなたが最初に作り始めたところが崩壊してしまう。その場を空にすることと満たすことが同時に始まり、同時に進行する。カイロで子供たちが遊んでいる街路に広がるのは、水道管から漏れた水です。もしもこの漏水がなければ、水道管が破裂してもっと酷いことになります。

F・M――カイロでもっとも特異な場所、それは死者の町です。あの墓地、町そのもの、死者のあいだで生きる人びとの町、森のように立ち並ぶ丸屋根(クーポール)、昼の間ずっと日の光の輝く靄に浮かぶその影、こうした墓地の壮大なる存在感が比類のない風景を作り上げています。

M・D――もともと墓の一部にはそうしたレセプションのための部屋がありました。家族が訪ねてきたときのためのものでした。

F・M――フィリップ・アリエスの『死を前にした人間』[☆13]という本と、そのなかで死者と生者にかかわる習慣や関係の変化について語られていることがらを思い出します。フランスの中世の話ですけれども。生者はもちろん墓に祈りに行きました。そしてしばしばそこに来ては社会生活の手入れをして帰っていきました。おしゃべりをし、うわさをし、議論をして。おそらく彼らは自分で小さな腰掛けを持参していたのでしょう。しばらくすると、社会生活の特性のすべてがそこに出そろうようになりました。まず、売春婦が出現しました。女性が墓の世話をしているあいだ、男たちは少し遠くに出かけます。おおっぴらにことにおよぶのはむずかしいので、人びとは小さな家を建てるようになりました。参道は男たちを迎え入れる家々の専用となった。それらの家は徐々に重要性をもつようになりました。社会生活はつねにあたりに広がっていきます。小さな家の次は大きな家、路地、そして街路。ブルジョワ階級が居座るようになりました。そのため、窮屈な隣人関係がもとで、とうとう墓地の中に死者を埋葬することが禁じられるまでになりました（笑い）。

M・D――ペール＝ラシェーズ墓地★26には忘れがたい墓があります。一八七〇年、ピエール・ボナパルトに暗殺された若いジャーナリスト、ヴィクトール・ノワール☆14の墓です。ブロンズの彼はその墓を閉ざす石の上に全身を横たえています。横臥像のようでありながら、しかしそのようなポーズは取っていない。当時の着こなしのまま。きわめて完成度の高いリアリズムですよ。ズボンの下に、彼の性器が膨らんでいるのが見えて、彼の身体のその箇所が明るく輝いている。まるで人がそこを非常に強く繰り返し愛撫したかのようにね。そしてその身体の高みには、快

☆13　フィリップ・アリエス『死を前にした人間』成瀬駒男訳、みすず書房、一九九〇年（Philippe Ariès, *L'Homme devant la mort*, Éditions du Seuil, 1977）。

楽を自らに与えた人たち、そのような女性たちが手で握った跡があり、それもまた同様に輝いているのです。ペール＝ラシェーズで映画『船舶ナイト号（ナヴィール・ナイト）』[☆15]のシーンをいくつか撮ったのですが、よくあの墓の前を通ったわ。いつも彼の胸の上に、その日に摘んだばかりと思われるみずみずしい一輪の赤いバラが置かれているのを見ました。

F・M——それは知りませんでした。わたしはおそらくあなたよりも注意力が劣っているのです。ところでエジプトに話を戻しますと、いつも考え込んでしまう次のような問いがあります。つまり、いかにして人はエジプトで書かれたもの（エクリチュール）の記憶を——科学的な記憶も含めて——失うことになったのか。あのように記号が忘却のなかに沈み込むこと、それがわたしには信じられないのです。ヒエログリフの意味の説明を聞くことのできた最後のローマ皇帝は誰なのか、もはやわかりません。老いた碩学がやっと見出され、その彼がいくつかの文字を訳したのです。それから、もうなにもわからなくなった。言葉の墓場の上に幾世紀もの埃が積もるだけで。

M・D——エクリチュールもまた失われました。エクリチュールは失われうるものです。

F・M——ええ。それとともに文明もね。そしてあの一連の偶然が、ロゼッタ石をシャンポリオンへとつなげた。ロゼッタ石には同じ名前が三つの言語で三回にわたって記してある。そしてその学者が鍵を見出すのに七年間もかかることになるのです。エジプトはいま、われわれにエジプトのことを物語ります。われわれは復活の日に死者の町にいる生者のようなものですよ。

M・D――ジュミエージュ[27]の廃墟と、その崩壊と、その超然とした孤高の塔を見ると、修道院全体がどれほどの高さなのか、破壊された大修道院の姿とはいかなるものか、そしてその信仰とはいかなるものかがわかります。ひとつの破壊された教会があり、一〇万の無傷の教会がある。唯一のディコンストラクション。ユダヤ人は寺院をけっして再建しなかった。そしてモネの絵、あれがマルモッタン美術館から盗まれた[28]のは重大なことでした。あたかも死を前にした

☆14　イヴァン・サルモン（別名ヴィクトール・ノワール）は、反ボナパルティズムの若いジャーナリストであった。コルシカの新聞『報復』のパスカル・グルセは、ピエール・ボナパルト――リュシアン・ボナパルトの息子、つまりナポレオン一世の甥でありナポレオン三世の従兄弟でもある――の記事により名誉毀損を受けたとして、賠償を要求。彼はヴィクトール・ノワールともうひとりの友人を、決闘の準備のため、オートゥイユ街五九番地のピエール・ボナパルトの住居に送り込む。面会はうまくいかず、ピエールはヴィクトール・ノワールに向けて発砲、彼を射殺。弱冠二二歳であった。一八七〇年一月十二日、彼の葬儀はナポレオン三世の帝政にたいする怒りに満ちた激しい示威行動を引き起こす。これは数ヶ月後のナポレオン三世失脚までつづく政治的動揺の発端となった。一八九一年、共和主義のシンボルとなった亡骸はペール＝ラシェーズに移される。エメ＝ジュール・ダルーがブロンズで銃殺直後の様子に似せた横臥像を制作。口は開き、ズボンのホックは外れ、急所が膨らんでいるものだが、この部分が光っていることで、以後、ヴィクトール・ノワールの墓はペール＝ラシェーズ墓地で有名になった。

☆15　『船舶ナイト号（ナヴィール・ナイト）』一九七八年、フィルム・デュ・ロザンジュ（*Le Navire Night*, 1978, Films du Losange）。

ように背筋が凍ります。たぶん、それがどれほどわれわれの生活に入り込んでいるかということに気づくためにはあのような出来事が必要だったのでしょうね。

F・M——美は幸福と同じ、そのもろさのために人の心を震わせます。しかしエジプトではまさしく強さこそが美であるのです。

M・D——ええ。けれども、あの都市には発見や発明がなされるべきなにものも、ほとんどなにものもないかのような完璧さがあります。わたしは一年のうちに二度、互いにとても近いところに旅行に行ったのよ。まずイスラエルへ、それからエジプトへ。わたしがエジプトを見るとき、イスラエルは妨げになりました。エジプトには見るべきものがありますよ、たくさんね。イスラエルには見るべきものがなにもない。あれは見えない国なのです。夜の極み。非‐見の極地。書かれたもの（エクリ）で、言葉で凌いでいかなければならない場所。そこにはなんということもない看板があって、こう示してある。「ベツレヘム、四キロ」。それこそがベツレヘムなのよ、いま、ここでそれが同時に起こっているの。偶然のめぐり合わせに強く打たれます。他のどの場所でも、ヴェニスでさえもここまでのことは起こらない。でもエルサレムとセザレ[★29]ではあったわ。しかし、ここでこの話はやめておきます。

F・M——エジプトとイスラエルはいつの時代もよく行き来していました。ひとつの王国（empire）つまりエジプト、そして二つの王国（principautés）つまりイスラエルとユダ、そのあいだの友愛を語るなら、エジプトとイスラエルは互いにもっとも頻繁に友好関係を築いてきた間柄なのです。イスラエルに「見るべきものはなにもない」とおっしゃいますが、急いでいらっしゃったのでしょう。アラブ時代以前の建築についてお話しになっているのだろうと思います。たしかにエルサレム神殿はどれほど壮麗であったとしても、ナイル川流域の神殿に似ていたに違いありませんし、あのアーチはエジプト由来のものです。そこにはあまりユニークなものはありません。けれども、すべては石材や木材の組合せの話ではないでしょうか。パレスチナにおける世界でもっとも美しい風景のひとつを聖書が語り起こしましたので、われわれはそれを二度読むことができます。まるで心が弧を描く稜線と結び合い、大地と世界の神秘に分け入るかのように感じますよ。しかしあなたがおっしゃったことも真実だというのはわかります。つまり、書かれたもの（エクリ）で淩いでいかなければならない、ということ。

M・D——カナンやパレスチナのそれぞれの王国について考えるとき、同じ語を用いることはできないような気がします。

F・M——それはさておき、イスラエルとユダはほとんど自立的な存在をなしていませんでした。宗教的な概念によって、世界解釈によって、そして人びとの活力によって、絶大なるものでありながらも小さな王国としてありました。その時代の中近東地域の規模にくらべると、政治的には微々たる力を示すにすぎませんでした。

M・D――いつも同じことね、あなたの話すことから、わたしはもっと別のことを言いたくなってしまう。そうです、両国はどちらかというと小さな王国で神殿をつくらせたソロモン大王の死後に生まれた。その後、ローマの属州になった。そしてそのあとは、アメリカやドイツやポーランドやロシアやスペインや、さらにはアウシュヴィッツに、そしてまた他の場所に、人びとはイスラエルを見出すのです。

F・M――いまは違いますね、イスラエルという国があります。

M・D――ええ、いまやイスラエルは恐るべきものです。世界で二番目の軍事力。

F・M――列強諸国と比較するのはやめておきましょう。しかしその栄華がわたしの信じるように決断力や精神の強さにあるならば、イスラエルのありかたはそう悪くはありません。

M・D――西洋とはユダヤ的なものです。他者でありながら自己でもあるというヨーロッパの人間のこの能力、それはユダヤ的です。

F・M――われわれの西洋世界についてはたぶんそうですね。しかし他の人びと、中国人やインド人、その他の人びとについては違います。

M・D――われわれの西洋世界については、ですね。同意します。その世界だけの話です。われわれはみんな、ユダヤ＝キリスト教徒なのです。それがわれわれ共通のよりどころなのよ。あなたには、もう少しアフリカについて話してほしいと思います。彼らはうまく状況を打開できないのではないでしょうか。援助はだんだん膨らむでしょう、人びとの数が増えていきますからね。けれどもそれではけっして十分とはならないでしょう。解決策はどのようになるのでしょうか。

F・M——その解決策を見出すために、わたしはアブドゥ・ディウフとともにアフリカのための特別計画の策定を奨励したのでした——これにはフランスも率先して財政的援助をしました。同様に、アフリカの負債にたいする特別措置、これはほとんどの金融機関が拒絶するのですが、それを実現しなければなりません。しかしながら、アフリカについて語るとき人は早急に一般化するきらいがあります。アフリカには、豊かで繁栄した国々があります。貧困の方が圧倒的であるとしてもです。

M・D——アフリカは砂の海ね。

F・M——砂、森、灼熱の大地ですね。

M・D——ソマリアに行ったことはありますか。あなたの甥のフレデリック・ミッテラン[★30]は、ソマリア発の素晴らしい映画を撮ったわね[☆16]。わたしはあそこにたびたび寄りましたよ、インドシナからの船に乗って。鉄でできた椰子が一本あった。もうないのかもしれない、いまは本物

☆16　フレデリック・ミッテラン『ソマリアの愛の手紙』一九八二年初公開、フィルム・デュ・ロザンジュ（*Lettres d'amour en Somalie*, Frédéric Mitterrand, première sortie en salle 1982, Films du Losange）。

の椰子の木々があるわね。でも、それが唯一の違いかしら。わたしの母はジブチで降りたがらなかった。ほとんどすべての乗客がそうでした、なにも見るべきものがなかったから。彼らはポートサイド★31に早く行きたがっていた。結局、わたしはジブチは思い出すけれど、ポートサイドはまったく思い出さない。ジブチ。ソマリアの隣にはエチオピアがあり、そしてそこには飢饉とアディスアベバの政府がある。この二つのことがらは共存できない。穀物粉の山がマッサワ★32で傷んでいる。それが届けられるはずのエリトリアの人びとは、飢饉のために死に瀕している。それからまた、穀物粉を積んだ古い列車が砂の中で立ち往生する。道路はなく、だから穀物粉を回収するトラックも来ない。飢饉にたいし、短期的な解決策はありますよね、もちろん。季節的な、ね。でも真の解決策、これは見つかっていません。土地の利用の仕方のなかに解決策を見つけなければならないのよ。

F・M——そうです。

M・D——でも、できないでしょうね。

F・M——いいえ、灌漑から始めることによってできます。そのための最新の技術は十分にあります。

M・D——けれども灌漑は河川に頼る。そして河川は神だのみ。人は河を創造することなんてできません。

F・M――水はいたるところにあるんです。むずかしいのは、それを引いてくることです。水、そして木が、土壌と気候をともに安定させていきます。できますよ。資金を投入すること、大金を投資することで、投資しない場合よりコストを低く抑えることができるでしょう。忍耐と方法も必要です。

M・D――降雨を調整することはできないでしょう。

F・M――森林に頼るなら、できますよ。

M・D――で、世界でもっとも広大なあの空虚、それを何によって置き換えるのですか。あの美しさを何によって？

F・M――その空虚は同時に、素晴らしい建造物でもあると言えないでしょうか。昔、ローマ人の時代には、南仏の地中海沿岸に大きな森林がずっとのびていたという話を、あなたもきっと読んだことがあるでしょう

M・D――砂漠化とは何なのか。わたしにはわからないわ。人が歩くところがそれなのか。人間や動物が歩いて土を踏み固めると、そこがセメントのようになるわね。

F・M――ええ、もろいセメントです。セメントと埃、まさにそのイメージです。それで植生の維持と保護が必要なのです。ありとあらゆる生物が植生を攻撃していますから。人間は火を放ち、動物、とくに山羊は植物を食い荒らす。アフリカを救うのは植生でしょう。そのために

は流れを変え、水を引き、森林を復活させたいものです。それはヘラクレスの偉業のひとつ[33]にも相当し、ゆえに人間にふさわしい。いつかそのうち、あの土地は肥沃なものになります。けれども人間が砂漠をそのままにしておけば、砂漠は勝利し、しかもすぐに広がります。これは時間の問題ですよ。

M・D――不思議な夢を見たのよ。さほど前のことではないのです。よく覚えているわ。人がある機械を作りあげたのだけれど、それが送風装置で、非常に変で、非常に強力なの。それで北極に設置されて、湿った空気の流れをサハラ砂漠まで送っていました。そんな夢に取り憑かれました。

F・M――気候をむやみに移動させるのは控えないと。

M・D――まさにそうね。わたしもそう思います。

F・M――考えてみてください。人はアマゾン川流域の森林を乱伐し、地球の酸素量を減少させつづけています。北極と南極の氷の融解については、あなたの夢が実現すると、われわれはさらなる破局に直面しそうですね。

M・D――クウェートが氷山を運搬しようとしていたわね、覚えていませんか?

F・M――覚えていますよ。

M・D――彼らは氷山をアラビア海オマーン沿岸まで毎年引いてこようとしていたのではない

かしら。大きな氷山を一年にひとつ、それでクウェートの貯水池には十分だろうということです。

F・M――たしかにそれは可能ですが、しかし少々複雑です。ともかく、物事をわざわざ面倒にするのはやめましょう。あなたの疑問に対する第一の答えは樹木です。樹木と水のセットでね。けれども手つかずの野生の森林はそれ自体で破壊されていくものです。手を入れられたものだけが美しい森林になります。人間とその知性、そして人間の手がなければなにも実現しません。

M・D――あなたが手つかずの森林について話すとき、それはテレマルク[34]地方の先史時代の森のことを話しているのよね。

F・M――もっぱら自然の力へと、ゆだねられている森のことですよ。

M・D――フランスにはもうそうした森はありませんね。

F・M――ありますよ！　放置されていますけれども。分割され、忘れられていますから。人間は、もはや森の中やそのそばで生活しません。樹木はわれわれよりもはるかに長い一生を――種類にもよりますが――送ります。われわれの社会が激変しているなか、息子が父親のしたことを受け継いだり、孫ならばなおのことその同じ場所にとどまったりということが、非常に少なくなってきています。多くの私有林がもう誰にも見守ってもらえない。枯れ木つまり暖房用の薪を集める以外にはね。森林の手入れがないと、風、雷雨、嵐の影響で枝が折れてしまいます。枝はそんなふうに突然折れるものではありません。弱ったところでその傷が悪天候にさらされたり、虫にやられたりするのです。水が内部に入り込んでその木を腐らせ、虫が病気を広げます。

M・D――でも、それは特別なセメントで塞ぐことができますよ。

F・M――ええ、しかし木は治療されたり手入れをされたりしなければ死にます。コナラ、ブナなど、陽樹と呼ばれる木々です[★35]。悪貨は良貨を駆逐しますが、同様に悪い森林は良い森林に取って代わります。陽樹のあとにはニレやシデ、カバノキ[★36]が、その場に定着する……そして今度はそれらの木が被害を受け、錯綜した寄せ集めの雑木林が茂る。森林は強力な社会生活を必要とします。先にわたしが言ったように、家族は世代から世代へわたるにつれて、移住したり場所や仕事や関心事を変えたりします。森林はその所有者が長生きすれば保存されます。その持続性を保証するのは、国家、市町村（コミューン）、組合、銀行、そしてその他ありとあらゆるかたちの私的個人同士の連携なのです。そのための法律が可決したばかりですね。あなたの話でわたしは自分が植えたコナラの木々を思い出しましたよ。コナラの木は一〇〇年でしっかりした大人の木になります。わたしの孫たちはその木々がいっぱいに生い茂っているところを見ることはないでしょう。そうなのです。われわれの時代のあとに何が起こるかを予測すること、それは人生にその広がりを、すなわち個人的な広がりと集合的な広がりをもたらします。個人的な広がり、それはつまりわたしが植えたコナラだから。集合的な広がりというのは、他の人びとがその木陰の心地よさを感じるでしょうし、生きた建造物とも言うべきものの力と調和に感嘆するだろうから。木にはひとつの哲学があります。

M・D――それほど以前というわけではなく二年前のこと、わたしがゴシックのプリンセスと呼んでいる女性、カレン・ブリクセンの書いたあの素晴らしい『アフリカの日々』[☆17]という本を読みました[★37]。そのなかで彼女は、夜、木々の茂みの下をわたる鳥の飛翔について語っています。鳥がまるで暗い水中の魚のように逃げていくと言うのです。ケニアのこの水のような空気のイメージは、アフリカの夜のイメージとして、頭のなかに残るわ。最後に、わたしはアフリカの言語についてお話ししたいと思います。それらを指し示す言葉を書くのが楽しいので。東アフリカ、つまりタンザニア、ケニア、ザイール[★38]、ブルンジ、ルワンダ――近くのヴィクトリア湖は面積が六・五万平方キロメートルですね――、それからモザンビーク、マラウィ、スーダン、これらの地域ではスワヒリ語を話し、書きもする。混交の媒介言語ですね。マリ、コートジボワール、ブルキナファソでは、人はバンバラ語を話します。こうした言語でのテレビ・ラジオ

☆17　カレン・ブリクセン『アフリカの日々』横山貞子訳、河出書房新社、二〇一八年（Karen Blixen, *La Ferme africaine*, Éditions Gallimard, 1942）。

放送番組がありますが、言語のほうは完全にラテン文字化されています。アフリカ大陸でもっとも古い言語、千年言語ね、それはアムハラ語。エチオピアで見つかりました。アムハラ語は日本のいくつかの言葉のように音節文字体系をもちます。アムハラ語はゲエズ語[★39]のあとを継いだものですが、ゲエズ語はファラシャ[★40]の言語です。ファラシャの人びとはヘブライ語で祭儀をとり行なうけれど、彼らの宗教言語はゲエズ語なのです。ほぼすべてのアフリカ人は少なくともバイリンガルです。彼らは自らの民族の言葉を話し、媒介言語を話し、そしてさらにフランス語や英語を話すことが非常に多い。では、これで止めておくわね。アフリカ、聖なる大陸。これ以上、人びとがあの大陸にいかなる不幸ももたらしませんように。

第5章　ヌーヴェル・アングレーム

一九八六年四月十六日
エリゼ宮にて

マルグリット・デュラス（以下、M・D）——アメリカについて話しましょうよ。
フランソワ・ミッテラン（以下、F・M）——いいですよ。
M・D——とても不思議よ、アメリカで起こることって。
F・M——アメリカのどこです？　アラスカ？
M・D——アラスカもそう（笑い）。ニューヨーク、ニューオーリンズ、シカゴも。アメリカ人はレーガン[★1]に賛成なのね。
F・M——ええ、彼はとても人気があります。
M・D——そして彼がカダフィ[★2]を爆撃したの[☆1]も、アメリカ国民の同意を得てのことであると。
F・M——もちろん、彼は国民が何を感じ何を言いたいかを、自分でも感じて表明しています。
M・D——約束を守らないということにアメリカ人は耐えられないのよ。カダフィのふるまいはつねにまやかしで、アメリカ人はもはやそれに我慢ならなかった。
F・M――つまり、どういうことですか？
M・D――あなたもわかっているはず。チャドにリビアの部隊はいないと彼は言う、しかしチャドにリビアの部隊はいる。彼はもういないと言う、しかしまだいる。彼はなにもしないと言うけど、してるじゃないの。嘘つきよ。彼はそれがまるで運命だとでも言うかのようにふるまう。そうやって殺戮を扇動する。アメリカによるリビア空爆の責任は彼にあるわ。
F・M――カダフィはアラブを一国に統一すべきだと思い込んでいました。今日では政治的・国家的な多数の国境によって分割されているアラブ世界ですが、その統一を阻む者は誰であれ、カダフィにとって裏切り者なのです。あの政治的な狂信は、宗教的な狂信――存在の根幹に触れるものです――と相まって、その表出をもっぱら暴力に訴える他はなくなっています。しかしそれは多くの場合、邪悪で狡猾な狂信であり、それゆえ真実と嘘が同じ戦略の表裏となってしまっています。そうやって彼は彼自身の運命とその国民の運命に挑戦した。そして暴力が彼に跳ね返ってきた。彼にとってこれは驚くべきことでしょうか。
M・D――その挑発は、おそらくアメリカ人からすればかなり長いあいだつづいてきたわけです。それから、レーガンはアラブ人ではありませんから、裏切り者にはなりえないわ。
F・M――テロリズムには終止符を打たなければなりません。根絶しなければ。しかしわたしは、関係のない人びとを攻撃するような集団的復讐を本能からしても理性からしても好みません。それらの人びとは理由もわからぬまま犠牲になってしまいます。

M・D――罪のない犠牲者が出るのを望まない人びとって、アメリカ人も含めてみんなそうですよ。罪のない犠牲者を出すことに誰が賛成しているのか？　一つでもその名前を挙げてみてください。みんなあんなことはもう終わらせなければいけないとわかっているのです。たぶん十人にひとりはそう言います。もっと少ないかもしれないけれどね。それに反対するということは、この場合、苦しむということなの、罪のない人が死ぬのだから。反対しないなら、苦しむことはない。わたしはアメリカのトリポリ空爆について苦痛を感じなかった、けど、だからといってわたしは空爆に賛成しているのか？　あなたにそのことをお尋ねしたいわ。非暴力はアメリカからやってきたの。若者や女性たちのシットイン〔抗議行動としての座り込み〕なんて、もとはアメリカでのベトナム戦争への反対表明だった。わたしはそれらがみな同じ人びとだとは思っていませんよ。非暴力、それは平和主義であり、わたしにとってはこれこそもっとも無責任でもっとも安穏とした態度なのです。ソビエトの侵略の前で、彼ら非暴力主義者たちはどう

☆1　一九八五年〔正しくは一九八六年〕四月、アメリカ大統領ロナルド・レーガンはリビアへの爆撃を命令。これは国際法違反行動であった。フランソワ・ミッテランはアメリカ空軍のフランス領空内通過を拒否した。

しようというのでしょうか。実際、誰もそのことをわかっていないのではないかしら?

F・M——テロリズムとリビア国民を同一視することはできません。

M・D——わたしが話しているのはアメリカによる反撃についてです。あなたも知っているレーガンのことですね。彼はどんな人なのですか?

F・M——良識に満ちて愛想のいい、楽しい人ですよ。ジョークを交え、非常にカリフォルニアにこだわった話をします。とくにカリフォルニアと聖書のことを話します。彼は二つの宗教を信仰しています。経済的自由主義と神——キリスト教徒の神——です。元カリフォルニア州知事だったころの経験から、彼はいま多くの示唆を得ています。概念にとらわれた人ではありませんが、思想があり、それにもとづいて行動しています。わたしと彼は率直で直接的な関係を保っていますよ。

M・D——彼は正直な人ですか。

F・M——どういう意味でしょうね、正直とは。正直というのはあなたにとって何を意味するのですか。

M・D——つまり、正直という意味よ。

F・M——言葉を向けた人びとを裏切らないということ?

M・D——いいえ、そういうことではありません。つまりこうよ、彼は彼が言うとおりのことを考えているのか？

F・M——まさしくそのとおりですよ。

M・D——良識というのはときおりとても知的で、知性そのものと同じくらい知的だということがあるわ。たぶんこれは、文明化されていると同時に野性的でもあるあの国についても言えることなのでしょうね。

F・M——レーガンは物事にたいし、直感的にアプローチします。そして彼の手中にある非常に洗練された関連情報のファイルのうちから最も優れたものを選び出すことに長けています。

M・D——レーガンのことは、アメリカの立場に立たないと理解できないですね。

F・M——典型的なアメリカ人である彼は、たしかにどこへ行っても通用するというわけではないでしょう。

M・D——その欠点、つまりどこでも通用するわけではないということ、これこそ彼が国民にあんなにも執着する理由なのでしょうね。

F・M——それが欠点だとはわたしは言っていませんよ。

M・D——わたしは欠点を通して違いを理解するの。おそらくあなたもそうでしょうけれど。

F・M——人口二億五千万人の国を率いることができるというのはなかなかのことですよ。また、彼が率いる組織を美化することもやめたいものです。アメリカ国民は生き生きとしてたくましく、エネルギーに満ち、想像力と個性に富んでいます。多くの潜在的な豊かさを秘め、それが開拓され改良される大陸に彼らは暮らしています。大学のレベルの高さも享受できる。こうした要素をすべて集めてみてください。素晴らしい人びとですよ。しかしその素晴らしい人びとが、ひとつの帝国を手にしていることを自覚している。そして帝国という概念はそれだけで、まるで人びとをむしばむ悪のように作用するのです。アメリカがこれに抵抗するにはかなりの精神的な強さが必要だと思います。

M・D――わたしにしてみれば、あれはむしろ大陸です。帝国は伸び縮みする性質がありますね、行ったり来たり、縮んだり消滅したり。あの場所はアブラハム・リンカーン以来、もはや拡大も縮小もありえないでしょう。あれで完了です。そしてとても新しくて若々しいわね、〔リンカーンが大統領になったのは〕一八六四年、つまり一二〇年前よ。

（沈黙）

M・D――権力。政治的権力。あなたは政治的権力についてけっして話そうとしないわね。たしかにそれはやり言葉になってしまっていますけれど。あらゆる面で、最近よく言われますね。

F・M――アメリカについての話は、もうやめます？

M・D――わたしはまさに、アメリカについて話をつづけたいのよ。レーガンのことを話しながらね、もしよければですけれど。

F・M――しかしロナルド・レーガンはアメリカのすべてではありませんよね。

M・D――そう、そこなのよ、わたしはアメリカのすべてだと思います。いまのところ彼はアメリカそのものですよ。

F・M――むしろアングロサクソン的な世界ですね、その基盤はアイルランド的なものですが。

M・D――あれはヨーロッパよ。大陸から離れ、自ら北アメリカを築き上げたヨーロッパの一部分。だからわれわれにもっとも近く、同時にわれわれにとってもっともよそよそしい世界となってしまった。ヨーロッパを捨て去り、出て行ったから。

F・M――ラテンアメリカの広大な世界にもまた感動します。あなたはあのあたりを少しご存じなのでしょう？

M・D――わたしはそこに行ったことがないの。学校で習ったことのなかに入っていたと思います。別にわざわざ行かなくてもいいと思ったわ。わたしはインドシナで子供時代を過ごしたので、地球のあちら側を見に行かなくても、とね。

F・M――子供時代のことをおっしゃるのでしたら、わたしもね、地図帳や地球全図、ときおりは地球儀によって世界を知ったという気がします。そして編集者が選んだ色によって親近感や反感を抱き、それが固定化されていきました。くすんだバラ色がありましてね、覚えていますが、それがインドを表わし、そしてまた別の深いバラ色はボルネオを示していました。エジプトは明るい黄土色でした。わたしはいつも、そうした国々に行くことを夢見ていました。そしてそこに行きました。眼前に広がる光景に深い賛嘆の念を抱きましたね。いくつかのあやしげな暗褐色の国は、わたしの想像のなかでは死んだ国でした。そうすると現実のなかに入っていくのは簡単ではないですよ、あのような知識をもっていては！　けれどもわたしはそのなかに入っていき、旅をし、極度に主観的な自分の偏見を修正していきました。とはいえ、幼年時代に見たなんの変哲もないカラー地図は、世界にたいするわたしの知識をやはり限定しましたね。物事が決定づけられるのはこのようにしてなのですね。

M・D――そうよ、「バイカル湖」という言葉なんてほぼそれだけで寒さを想像できますよ。イルクーツクの北には木も生えていない〔と思えるほど〕。そして大地の奥深くにはマンモスが凍っていて……完全によ。北極地方にあえて行かなくてもいいのです。あざらしはいたるところにいて、大洋を渡ってくる。春に撮影された北極のジャイアントペンギンの大群の写真を持っていますけれど、わたしは彼らと知り合いなんです。彼らについての記事をいくつか読んだし、その写真のなかの少なくとも二〇頭は見分けられるわよ。わたしはよく彼らを友人や息子の名前で呼ぶの。

F・M――アメリカ合衆国でまず驚くのは、探検、開発、耕作の余地のある広大な国土がまだ残っているということです。あなたもご覧になったでしょう、飛行機で東から西へ、ニューヨークからロサンゼルスへと――時速九百キロの高速の飛行機ですよ――横断するときには、川が描く青い線でいたるところ区切られた砂漠の赤茶や白い色をした大地の上を、一時間以上も飛ぶことになります……西へと歩き始めるしかない、いまはまだ時代の夜明けだという気がするものです。眼下の大地にいる人びとにとって、前進する歩みはすべて、ひとつの征服のようなものなのです。終りなくのびる地平線にかたどられた人間の精神は大変な広がりをもつようになります。シベリアやブラジル北東部でも同じ感覚を味わうことになるのでしょうか。いや、もっと別様でしょうね。

M・D――それがジョン・フォードの映画ですよ、あなたがおっしゃるのと同じ、ソルトレイクシティ、ヘンリー・フォンダ、ジョン・ウェイン、あれらの名前、あの自然、あの時間、それがアメリカ映画なのです。西部劇とは砂漠の横断であり、そこにおけるヒーローたちは、あの孤独を背負い沈黙してさ迷う人びと。あの映画、あれは普遍的な映画です。

F・M――忘れてはいけないのが、西部劇から外の世界へと戻ったとたん、そこにはたくさんの人びとと音と自動車とインターチェンジ、混雑した町があること。

M・D――彼らが残すのは空虚でしょうね。しかし砂漠を築き上げることはないのではないかしら。長いあいだわたしはアメリカにうんざりしていました。というのも、人びとはなんでも話そうとするのに、政治に関してはそうではなかったから。耐えがたいこともしばしばありました。彼らが少しずつ、とてもゆっくりではあるけれども変わったのは、インドシナ戦争★3からです。

F・M――わたしはあの時代に幾度かアメリカに滞在したことがあります。学生たちも、そしていくつかの知識人グループも政治的で、黒人やプエルトリコ人のような抑圧されたマイノリティーもそうでした。マイノリティーにとってそれは自らを表現する手段、彼らの反逆を成就させる唯一の手段であったのです。大学では一九六七年から一九六八年にかけて、非常に進歩主義的な若者たちに出会いました。安定した秩序、つまり物事の秩序にね。そして十年後、安定した秩序のなかに組み込まれた彼らに会いました。当然だとおっしゃるでしょうね。しかしともかく、異議を申し立てたのはあの若者たちなのです。われわれのパリ六八年五月の前に、サンフランシスコでの人びとの行動があったのです。

M・D――たしかに、一九六七年から一九六八年にかけて初めてデモがあったのはそこですね。

F・M――彼らの言葉づかいや言説は過激で、現実から切り離されており、ようするに理想主義的でしたね、そしてわれわれのようなヨーロッパ人――社会主義者たちも含めて――への非難が多くありました。あれらアメリカの若者たちには、われわれヨーロッパ人があまりにも小心者で、闘争にほとんど参加していないと見えていたのです。あの人たちは、その闘争が革命――マルクーゼ[★4]のそれ――の端緒となると考えていたのですが、おかしなことに彼らはマルクーゼをその対極にあるマルクスふうに解釈していました。

M・D――あの人たちはあなたを共産主義者と混同していませんでしたか?

F・M――指導者層は混同していました。学生たちはそうではありませんでした。

M・D――わたしは当時、まだ共産党員だと思われていました。共産党に入党したことがあったので。あれは人生がまるで闇になったようだったわ。

F・M――あのときにも自由こそが精神を駆り立てたのです。自由(リベルテ)、解放(リベラシオン)、若い心に響く古い歌。旅、冒険、出発。帰属する場所を去ること、出会った風景のすべてを養分とすること、――足が向くところに行きたいという欲求、決まりきった慣習や決定された事柄から、そしておそらくは死からも逃げたいという欲求。それらをケルアックは路上(オン・ザ・ロード)をたどり歩きながら書きあらわし、象徴化したのでした。身体的な脱走を通じて遂げられる知的な脱走。未知なるものの魅力、脱走の誘惑。そう、脱出すること、逃れることです。何から逃れるのか? たぶん、自己からですね。逃亡しようとしている者は、彼がどこへ行こうとも逃げつづけると思われます。というのも彼はよりよい世界、あるいはむしろ異なる世界を求めているからであり、そしてその世界は必然的に地平線の向う側にあるからです。だから人は歩く。希望がつづくかぎり歩くのです。いかなる政治的組織がこの熱望に答えうるというのでしょう？　答えられないですよ。探求とは形而上的なものであり、その類の答えを政治が出すことはありません。ええ。しかしながら、いかなるシステムもこうした願望にとりつかれた人びとを満足させることはできないでしょう。ですから、アメリカの民主主義は現実的で実践的な本物の自由の行使を最大多数の人びとにたいして保証していると思いますし、それがまだ不完全というかきわめて不完全であるとしても、さほど悪くもないと思っています。ニューアークの暴動[☆2]を見たことがありましてね、ニューヨーク近郊ですが、黒人の暴動で、まるでスパルタクスの反乱を思わせるものでした。怒りの衝動が急に湧き起こり、もう我慢ならずにすべてを壊す。あの出来事もまた記憶されるべきことです。タクシー運転手たちはハーレムに行くのを拒否しました。マンハッタンの通りから通りへと移動しながら、仮にも違いがわかったならたいしたものですが、そこでいきなり人びとが黒人に、すべての人が黒人になるということが当時はあったのです。世界でもっとも近代的な都市のひとつであるニューヨークで、通りから別の通りへと移ると、時代や時間や社会が変わったものです。

M・D――ええ、セントラルパークの向うはいきなりハーレムでしたし、いまでもそうですね。通りの曲がり角を曲がるだけで肌の色の境界を完全に越えてしまうというのは本当です。同じ人口、同じ密度、でもみんな黒人の人びと。最初はタクシーを降りることもできなかった。でもあれから市街地の境界は崩れ、混ざり合って、いまは黒人とともに生活する白人らがいます。逆はそれほど広まっていないはず。しかしいわゆるムラにとどまって生きる黒人は多い。若い世代は事態を改善したわね。二〇年前のような人種差別は消えたと思うわ。とは言っても、それは結局、外から見ての話ですが。

F・M――人種的な区分が社会的な区分と混同されなくなる日はまだきていません。人種に関する権利要求が社会に関する権利要求と結び合うことがあるなら、その寝覚めには気をつけなければなりません。たとえ平穏な時期があったとしても、その目覚めは耐えがたいものになるでしょう。

M・D――いまや黒人の大学教員がいますし、大統領選の候補者にも黒人が何人かいます。シカゴの市長や他の少なくない都市の市長らが黒人です。

F・M――それはひとつの進歩ですね、あなたのおっしゃるとおりです。

M・D――アメリカの女性って強いのかしら？　わかりませんけれども。さほど偽善的ではな

☆2　アメリカ合衆国の公民権をめぐる闘争のなかで、一九六七年七月、人種差別にたいする暴動が勃発。ニューアークの暴動は数日間で少なくとも死者二七名（うち黒人が二五名）、負傷者二〇〇〇名を出した。

いのは確かにその通りだと思います。そして勇敢ですね。以前、ニューヨークに行ったときに知り合った二人の白人女性は知識人でしたけれど、完全なる黒人街に住むことに決めていました。けれども決定的な一歩が踏み出せなかったのです。もっともがっかりさせられるいちばんわかりやすい要素は依然として残っています。それらは映画で描写されています。つまり、いまだかつてどのアメリカ映画でも、あるいはおそらくどのフランス映画でも、白人男性にキスされる黒人女性を見たことはないし、黒人女性と白人男性がベッドの中で裸で愛し合うところを撮ったものを見たことはない。いぜんとしてすべてはまだそこにあり、そこにとどまっている。けっして撮影されたことのないこうしたイメージの手前に。まわりではすべてが動き、前進し、変化しているのに、この不可能性はまだそっくりそのままそこにある。でも、これはわたしが間違っているのかもしれない、そしてわたしがこれまで見たことのないような映画が、すでに作られているのかもしれませんけれど。

F・M――いやはや、きっと改善されていくでしょう！　カメラにしたって、それほど貞淑なわけでもないでしょうし！

M・D――この問題はあなたが考えているようなことではないの。観客に関わる、自己同一性の問題なのです。このイメージの領域においては、観客と相容れない方向へ、そしてとりわけ奇怪でさえある性生活の習慣と逆の方向へ進むわけにはいきません。書物のなかではいいのです。人びとは映画では拒絶するだろうと思われる物事を、書物でなら読むことができます。砦が崩されるとすれば、それは書物によってでしょうね。

F・M――ニューヨークはわたしが知るなかでも好きな町のひとつです。あの詩的な美しさ（ポエジー）がね。あのパワーとあのポエジー。ニューヨークへの思いが薄れたことはありません。ある日、ニューヨークから少し離れて田舎にさしかかる手前のところを散歩し、マガモを追ったこと、摩天楼の谷間にくっきりと浮かびあがったマガモの姿を見たことを思い出します。ありのままの生命が、人間の手で作られた町の中に羽ばたきながらまぎれ込んでいったのです。

M・D――ハドソン川は文字通り海に流れ込む川で、ローヌ川と同様、流れが速くて荒々しいですね。ひとたび海の中に注ぎ込んでも、まだ流れを見分けることができるほど。静かに止まる大きな水たまりであり、湖のようです。あなたはとくにニューヨークのことをお話しになるわね。あそこには島があって、マンハッタンですけれど、きちんと整えられた石タイルのような、ギリシャにもそんなものはないにちがいないと思わせる岩の台座よ。そこに到着した人びとにとっては信じがたいようなチャンスだったのよ。彼らはすぐさま、いかなるリスクもなしに建造物を作り上げることができた。川がそこにあった、島を守るハドソン川とハーレム川が。マンハッタン、それはパリのシテ島ですよ。長さが二七キロメートル★5もありますけれど。

F・M――あの島がヌーヴェル・アングレームと名のるのをやめたのは残念です。ヌーヴェル・アングレームというのがあの島の最初の名前だったのです。やさしくて力強く美しい名前、そしてわたしの（およその）故郷の名前でもあります。そのあとでヌーヴェル・アムステルダムになり、そしてニューヨークになりました。これら三つの名前を思い起こすだけで、絶え間ない移民の流れや、あの世界――そのころはまだ成立していませんでしたが――の初期の力関係について語ることができるほどですよ。わたしはウィリアムバーグでフランス人コックに会いました。募集され、食事を用意するために来てくれた人たちでした。彼らはニューオーリンズ出身で、ケイジャン★6で、なかにはアカディアン★7の流れをくむ人びと、つまりカナダに初めて上陸したフランス人の子孫もいました。コックのひとりがわたしに語ってくれました――三年前のことですが。当時まだご存命だったお父さんは、英語を習ったことがなかった、お父さんが話す言葉はほとんど理解できなかったけれども、注意深く耳を傾けるとその言葉はフランス語からきていることがわかった、とね。

M・D――中華街（チャイナタウン）では、多くの中国人が中国語しか話しませんね。

F・M――そこでは中国語のほうが互いによく理解し合えますから。中華街（チャイナタウン）は正真正銘の都市ですよ、それ自体でね。子どものころ、わたしにとってパリはエッフェル塔でもあれば同時にサクレ・クール大聖堂でもあり、廃兵院（レ・ザンヴァリッド）でもあり、ノートル＝ダム大聖堂でもあり、凱旋門でもあり、というなにかそうしたものでした。わたしの伯母、つまり父の姉は四〇年間パリに住んでいたのですが、そのような場所には行ったことがないと話してくれたものです。彼女は特別な出来事――たとえば葬儀など――がないかぎり、自分の住むパリ13区を出ませんでした。のちにわたしも自分自身の人生を通じてそれを理解しました。先日、わたしはこんなふうに考えましたよ、どれほどの期間、ベルヴィルには足を運んでいないだろうってね。シャトー＝ドには、何年行っていないだろう？　そしてピレネー街には？　自分が出不精だとわかります。中華街（チャイナタウン）の多くの中国人は、おそらく町の向かい側、つまり白人の町――パリ14区のことですけどもね！――のほうには行ったことがないかもしれません。★8

M・D――あなたが初めてパリに来たのは何歳のときですか。

F・M――一九三一年の植民地博のときで、一四歳でした。

M・D――わたしは一七歳のときです。それであなたはどこで学問を修めたのですか。

F・M――シャラント県のコレージュ・サン＝ポール・ダングレームです。大学での勉学はパリになります。

M・D――わたしはサイゴンのコレージュ・シャッスルー・ローバ、そして大学はパリでした。あなたのたたずまいのうちには、いつもなにか不思議なものがあるように思います。あなたは話してくれないのですが。つまりあなたの姉妹、四人のお姉さんと妹さんたちのこと。

F・M――わたしたち兄弟姉妹は八人でした。四人の姉妹と四人の兄弟で、よく会っていますよ。

M・D――すばらしい子供時代ですよね。わたしはいつも言っていますし、だんだん思いを強くしているのですが、家族ってとてもいいものですよ。

F・M――すばらしいと言っても、宝の山というわけではありませんけれど。ともあれ、いまでもはっきり覚えている子供時代の思い出がいくつかあります。最初の悲しい出来事は家が売られたことでした、われわれが住んでいた家でしたけれど。それから何年も経たずに、母、母方の祖父母、父の死があり、小さな部屋がね、われわれの家族の小さな部屋というかわれわれの宇宙ですね、それが分裂して散り散りになっていきました。彼らはわたしの人生のなかの短い一節で、束の間そこにいたにすぎません。しかしそれでも、わたしはそろそろ七〇歳になりますが、人生をずっと彼らとともに生きてきたような気がしています。われわれはずっとひとつの部屋でありつづけたのです、つまるところね。兄弟姉妹について言うと、みんなまだいますよ。わたしにとっていつも変わらぬよりどころみたいなものです。戦争やその他のたくさんのことがあったにもかかわらず、銃弾はわきに逸れたのです。

M・D――ご兄弟はみな地方にいらっしゃるのですか？

F・M――姉はアルデーシュに、妹はドロームに、末の弟はシャラント[★9]にいます。他はパリにいます。みな結婚していて子供や孫がいます。ひ孫たちもいますよ。

M・D——村がひとつできそうね。

F・M——その村を年に一度、わたしはここに迎え入れるのですが、もっとも近い親族だけなのにかなりの人数になります。もしもそのあとの親等にも来てもらうことにしたら、あちらのレセプションの大広間が必要になるでしょう。

しかし、あなたはアメリカについて話すために来てくださったのに、われわれはこうやってシャラントの入口に戻ってきてしまいました。——結局、ここから太平洋の向う側をめざす数多くの開拓者が出発したんですね。

M・D——わたしにとって、あの国はもっとも近いのです。ほとんどフランスと同じ、でもそこで暮らしたことはないの。

F・M——わたしはあちらではかなり落ち着かない気分になるでしょうね。

M・D——でも、人はけっして町といっしょに暮らすわけではなくて、人びとともに暮らすのよ。ニューヨークでは三人の人物と知り合いになったら救われます。あそこで誰とも知り合わないなんて、自殺行為ですよ。わたしはアメリカが好きだし、レーガン主義者なの。知らなかったでしょう?

F・M——そんなことだろうと思っていましたよ! わたしはレーガンという人物に好感をもっていますが、彼の政策にたいしてはあまり賛成ではありません。しかしこの発言が

『あなたのジャーナル(ヴォートル・ジュルナル)』★10にでも載って、いつかレーガンがそれを知ることになったとしても、あの人は驚かないでしょうね。

M・D――載せましょうよ、それを。そしてどうなるか見てみましょう。彼は一種の子供じみた、ほとんど時代遅れともいえる権力を体現しているとわたしは思います。レーガンは直接的な知性ではなく、良識というふるいにかけられた知性、つまり良識によってずっしり重たくなった知性で舵取りをしているの。子供じみていて、ええ、そうね、ほとんどそう。でもわたしはそれに賛成なの。だって彼はただそれに賛成してもらうこと以外は求めていないから。あの国民から承認を得ること以外、何も求めていないの。彼はここ、フランスと同じ問題を抱えているのではないのです。

F・M――ロン・レーガンは、たんにアメリカ合衆国の大統領であるばかりではなく、世界でもっとも強大な帝国のトップなのですよ。

M・D――われわれにとって幸いなことです。ありがたいわ。おもしろいですね、彼はまるでヨーロッパ共産党の古くからのメンバーだとでもいうかのようにソビエト連邦を警戒しています。そして突然、その人たちが誰であるかを知ったら、あとはその認識を二度と変えないのね。これですよ、単純さの大いなる効果というのは。あの国の人びとはのんびりしているけれど、ひとたびなにかを知ったら、以後はずっとそのまま。わたしの場合、カダフィの代わりに掩蔽(えんぺい)

壕で眠っていたかもしれないと考えたりもする。そういえば、あなたは彼のテントがどれほど堅牢かごらんになったでしょう。周りの三つの建物は破壊されましたけれど、テントは無傷よ。
F・M――グレナダ襲撃、トリポリ爆撃、ひとつの帝国の考えることですね。[★11] 人びとは必ずしもそうしたことを帝国にたいし期待しているわけではありません。
M・D――グレナダの話はこれ以上つづけたくないわ。わたしはあなたの意見に賛成ではありませんし、これは際限がないのではないかしら。レーガンはその軍事力を濫用してはいないと思います。単純でのんびり屋なあの人たち全員と同じ、彼はカダフィを殺したいのです。七〇回も彼らは騙されてきたのですから。でもたぶんそれ以外では、彼は軍事力を濫用していません。
F・M――トリポリ側にはまた別の考えがあるようですが。
M・D――とにかく、いかなるものもあの「映画プロデューサー」もどきが制作したテロよりはましで、死者も少ないですよ。
F・M――あなたと同様、わたしもアメリカの友、アメリカ人の友です。そして、政治に関するわたしの考え方がいまの〔アメリカの〕指導層のそれから大きく隔たっているとしても、わたしは彼らとよい関係を保っていますよ。これはたんに外交辞令によるのではなく、わたしが彼らの行動をよく理解しているからだと思います。そしてまた、一定の生活様式を守るためにアメリカ合衆国が果たす決定的な役割というのも――彼らの欠点や気まぐれがどんなものであれ――わかっています。結局、わたしもその生活様式が好きなんですね。けれどもわたしはまずフランスの子であり、その奉仕者であり、徹底したヨーロッパ人なのであって、そのことをアメリカ人は忘れるべきではありません。ところが彼らはそのことを忘れて不満を述べることがあります。これは筋が通っていません。しかしこのあたりにしておきましょう、そしてアメリカ合衆国のように自由へと開かれた国でもなお、人びとが重大な不平等に突き当たっていることを認めましょう。ある統計学者たちは、三五〇〇万人の貧困者数を挙げています。これはスペインの人口に匹敵します。レーガン大統領がこの問題に取り組み、それで苦労していることは間違いありません。あれはシステムの問題です。

M・D――システム、そして人間の問題でもあると言っていいのではないかしら。その他にもまだあるかもしれないけれど。わたしはある本にこう書いたんです。「……社会主義者は救済され、その過去に囚われた奴隷のままとなった。よってここでは飽食状態が、先の時代の極貧のごとく一種の貧しさとなった……」[☆3] ごめんなさいね。わたしは、貧困とは自由のひとつの様相であり、ひとつの選択であると思っています。その三五〇〇万人の貧しい人びと、というより、三五〇〇万人の貧しいアメリカ人が、食と住まいを与えられコントロールされて、旅も放浪も禁じられそうなソビエト的方法で援助を受ける貧者の地位と引き換えに、自由を手放すとは思えないの。わたしがレーガンに興味をもつのは、権力に関するこうした視点においてのことなのです。彼はその権力をそれ自体として誇示することもないし、政治的イデオロギーもごく表層的なものでさえ押しつけることをしません。彼の行動は、直接的にわかるものとなっています。彼はレーガンの話をしているのではなく、彼がやりたいことを説明しているのです。最近、ここではとくに議会において、恥知らずな言葉の誤用が見られます。あれほどまでに政治的言語が語の意味範囲を無視していることが明白だと、耐えがたくなってくるわ。そしてその言語とくらべるならレーガンの言語はのんびりできる田舎みたいなものよ。

F・M――わたしは先生ではありませんし、お叱りを受けるべきことはそれはもうたくさんありますよ！　しかし、言葉の誤用はフランス語にかぎった悪弊ではありません！

M・D――そうね。あなたのその慎重さは演説用のそれではなく、あなたが現に考えていることなのでしょうね。そしてわたしのほうも、それについて意見をもつことになる。だけどたとえば、あなたはその領域の王者なんですから、言語と政治の関係について何か言うことができるのではないかしら？

F・M――アメリカ国民の現実にたいするロナルド・レーガンの言葉の妥当性はおおいにあり

☆3　『八〇年夏』（『娘と少年』田中倫郎訳、朝日出版社、一九九四年）（*L'Été 80*, Les Éditions de Minuit, 1980）。

ます。それから、あなたが「子供じみた」という語で言おうとしていることもわかります。つまり、モルヴァンの岩[★12]がそうであるように、そしていわばネヴァダの広大な大地のように、むき出しの真実と同じですね。こうしたことのすべてがひとつの言語を構成しているのです。しかし問題は、その言語が支えているところの状況が望ましいかどうかを知ることです。議論はそこから始まります。説明されるべき状況にたいし、その言語がぴったりであるとひとたび感心したら、あとは状況そのものに注意を向けなければ。そして繰り返しますが、この状況というのは望ましいものでしょうか。こちらの問いのほうをわたしは提示したいですね。

M・D――でも、その状況がなければ、あの言語を用いることもないわけでしょう。わたしがあなたの問題提起を拒絶したいのは、その点にあるのよ。あなたはあなたの領域にわたしを連れて行こうとする、でも、あなたと同じくらいわたしも頑固なので、わたしはそこには行かないの。ともかくアメリカ帝国主義は、あなたがヨーロッパのことに携わることのできるよう、あなたを自由にさせています。アメリカがあなたの仕事をややこしくするとしてもね。あなたも賛成すると思うわ。むしろあの国からあなたにやってくる困難のほうが、もうひとつのほう〔リビア〕からくるものよりもいいのよ。

F・M――国家（État）、状態（état）という言葉遊びができますね。今日の現実と結びつくこと、そしてそこでやめて先に行かないことは、明日の現実を否定することにつながります。それは、社会、文化、芸術にも言えることです。何かを創り出す人の言語はすでに明日に属していますし、動くもの、変化するものに属しています。こうした言語は適切ではないと言われるでしょうか。さらにまた、国家＝状態（État）の言語について問うなら、その役割とは、超越的ないかなる考え、いかなる言葉をも許さず、それらを有する人びとの首をはねることでしょうか。いいえ、その言語の役割とは、運動とともにあること、ときにはその先を行くことです。人びとはこれを批判し、そんな言語はふさわしくないと主張するでしょう。しかしこの言語は、国民の現在と将来を双方ともに示しうる者の言語として、その機能を果たすでしょう。

M・D――わたしは、ひとつの国、ひとつの国民の将来は、個人の将来とまったく同様に、とくにその国民や個人が気づかぬうちに形をなすものだと考えています。創り出された物の力やその意味は、創作者がそれを支配していると思い込むときにはとりわけ、創作者から逃れ去ると思うのよ。それから、社会的、政治的なあらゆる変化において存続するのは芸術だけであるともね。ここでレーガンのリビア空爆に話を戻します。レーガンは、アメリカの伝統的な言葉遣いで話します。彼はヨーロッパの国家元首のように話したり行動したりすることはない。人びとはアメリカを苦しめることはできるけれど、アメリカを破滅させることはできません。我々のことなら、できますよ。アメリカ人は、自らの歴史について宗教的な感覚をもっています。あの人たちはとにかく、盲信的といってもいいほど伝統を重んじますよ。彼らが月に行ってその快挙を語る語り方は、まるでフランクリンが大統領就任中にそうしたことが起こったならそのように語っただろうと思われるような語り方です。他のどんなところよりも優れてそれをなし、その現況を詳述し、あなたがさきほど言っていたように関連情報のファイルを大統領のために作成する、それがアメリカの人々なのです。しかしリビアについては、レーガンとアメリカ国民の関係は直接的です。レーガンは国家の終末や彼の役割について等々、より普遍的な考察の中に逸れていくことをよしとしていないけれども、そうしたレーガンのあの単純さはたぶん、改めてスターリン的国家を前にしての先史的な恐怖にかられているところからくるんだと思うわ。いまのところ、アメリカ人にとって重要なものはそれしかない。そしてこの恐怖こそ、世界全体の恐怖なの。偽善的になるのはやめたいですね。

F・M――恐怖の上にはなにも築き上げることができません。わたしがフランスに期待することと、それはフランスが、明日のことについて、科学について、思想について、健康について、恐怖を抱かない〔心配をしない〕ということであり、そしてフランスが思い切って行動することであり、普遍性のある考察への嗜好を根気よくもちつづけることであり、他者について、また、自己について、自問することです。それは思想や言葉や日常の行為を禁じるものではありません。その反対です。

M・D――その点については、人びとは安心できると思います。恐怖を抱くべき理由はますます増えていき、死そのものが変質するほどになるのでしょうけれど。レーガンのやるべきこと、その実践（プラクシス）を作り上げる。それがつまり日々の着実な政治であるのです。彼は彼が手がけたこと、すなわちアメリカの防衛や、そのアメリカの防衛のために必要な世界の防衛から逸れたくないのです。何名かのアメリカ人がベルリンで爆弾によって殺害され、レーガンはトリポリ爆撃に向かう。★13 アメリカ市民やアメリカ精神が神聖視される局面にきています。おそらくいましかないでしょう、アメリカ人があのコンプレックス、つまりヨーロッパが彼らに少しずつ与えてきたコンプレックス、とくにラテン＝ヨーロッパ系の国々の悲惨さを考えるなら最たる恥（キャピタル）とも言える資本主義（キャピタリズム）の恥辱というコンプレックスに悩まなくてもすむようになるのは。わたしはまだ間違っているかしら、どうですか？

F・M——アメリカ人は彼らの歴史を誇り、彼ら自身を誇るに足るものをもっています。しかし、人はコンプレックスから解放されるためにトリポリを爆撃するものではありません。わたしはあなたの説明には満足しません。ウォーターゲート事件やカダフィの数々の挑発行為のあと、アメリカ人は自信を取り戻す必要があったという点についてはあなたの考えのとおりです。これに関してロナルド・レーガンは、完全に彼の約束を果たしています。

M・D——彼らはまた、世界、そしてとくにヨーロッパにおける評判からも解放されます。こう言っていいなら、あれはひとつの反ヨーロッパですよね、カリフォルニアは。ただ、アメリカ人はそこ、つまりカリフォルニアからも逃げ出した。というのも、彼らが求めているのは青空ではなくて、麗しい人生だからなのよ。彼らはあそこにとどまりはしなかった。そして知識人が戻っていくのはヨーロッパ、中でもその首都なのです。

F・M——カーター[★14]は、考えられているよりもはるかに優れた大統領でしたが、アメリカ人の目からすれば、そうあるべきではないものを象徴する人物となっています。カーターは、ためらう、疑うという感覚をアメリカ人らに残しました。ロナルド・レーガンはもっとはっきり自分の信念を行動に移します。

M・D——そうした側面はありますね。レーガンのポイントのひとつです。たしかに単純ね。しかし必ずしも反感を買うものではないわ。

F・M——必ずしもそうではありませんね。いい人だとさえ思えます。

M・D——一五年前、わたしの編集者がゼファー号[★15]でのアメリカ横断の機会を提供してくれたことがありました。上部がガラス張りになっているテラスの付いた列車で、ニューヨークかシカゴか忘れましたけれど、そこから出発してサンフランシスコに到着するというものでした。まだその列車があるのかどうかはわかりません。あの頃は新婚旅行か退職者の旅行のための列車で、他の用途ではもう利用されないと言われていました。ロッキー山脈では、小学生でも追いつくほどゆっくりと進んでいたわよ。列車の後部には景色を見ることができるように開放された手すりつきの大きなサロンがありました。サクラメントに停車していましたよ、チャップリンが『黄金狂時代』を撮った町ね。

F・M——その町に憧れますね。それから列車にも、その時代のアメリカにも、そうした旅をする時間にも。

M・D——旅は三日半つづきました。一日はまるごとトウモロコシの日。もう一日は小麦の日。それから砂漠。そして山。おそらくアプト式★16のようなものだったのでしょう。あの列車はおそらく廃止になったでしょうね、そう思うと寂しいわ。

F・M——わたしはソルトレイクシティに行ったことがあります。人間の意義を再発見させてくれる土地。そして神をも。あそこでは大地からそのまま空へとまなざしを向けずにはいられません。そしてモルモン教徒のことがとてもよくわかります。そこから遠くない場所には死の谷があって人びとを誘います。もっとも低い場所でさえ、突き出たところから身を乗り出す感覚になります。他にもわたしにとって衝撃だったのはグランドキャニオンです。絵はがきふうに語りますと、たっぷりと光の降り注ぐ日のグランドキャニオン、わたしはあれほど美しい光景を見たことはありません。

M・D——美しいというよりも、驚異的、でしょう？

F・M——驚異的、そうです。そしてなんと美しいのか。でも、おっしゃりたいことはわかりますよ。あなたの大陸横断の壮大なる美、わたしが想像するにそれは日常の美であったのでしょう。日常的なるものとは壮大さそのものですから。とはいえ、小さなことも忘れないようにしたいですね。グランドキャニオンではわたしもみんながするようにホテルに泊まりました——いわば大牧場を模したところで、感じのいい温かな雰囲気のホテルでした。それで観光客がみなそうであるように、わたしも土産をいくつか買いました。とくにステッキを一本ね。わたしはちょっとステッキ・マニアでしてね。田舎を散歩するとき、いつもステッキを手にしています。それが必要だというのではなく、まだ足取りがおぼつかないわけでもないのですが、持つと楽しいですよ。手首でそれを回したり、茨があればステッキでよけたり。犬たちといっしょのときには、ステッキがあるとうまく誘導できます。そしてね、ステッキはわたしの友達なんです。だからわたしは、インディアンが蛇やトーテムを彫りつけたステッキを一本買いました。そして大事にもって帰りました。とくに珍しいものというわけではありませんでしたけれどね、普通に売られていたくらいですから。でも、わたしはそれが気に入っていました。で、ある日パリの家でわたしはそのステッキを振り回していました、こんなふうにね。そしてひとつの小さな表示が目に止まりました。「台湾製」ってね。異国情緒についてのいい教訓ですよ！　あるいは経済学のいい授業です！　グランドキャニオンで人びとは何をつくっているのか？　ＮＡＳＡの、ノーベル賞の、人工器官の、基礎生物学の国ですよ！　わたしはこの対比を考えるのが好きなのです。

補遺

ラスパイユ通りの永遠の別れ
ヤン・アンドレア

一九九四年冬。

パリ、ラスパイユ通り[★1]の魚介で有名なレストランに僕らはいる。

彼女は牡蠣を食べる。最近はこれに夢中だ。いつも牡蠣と一杯の白ワイン。そしてそのあとはイル・フロッタント。

あなたは集中して、ひとつひとつの牡蠣をよく味わおうと意識しながら食べる。薬味なし。レモンを少し。それだけ。あなたは言う。ヤン、われわれは海そのものを食しているのよ。わたしは世界じゅうでこれよりおいしいものを食べたことがない。

デュラス、牡蠣に夢中の。

僕はまったくちがう。そしてそれがあなたを悲しませる。ヤン、どうしてあなたは牡蠣を愛そうとしないの。ありえない。

僕はカニのサラダを食べる。

やがて、ある沈黙がラスパイユ通りのダイニングに広がる。

入ってきたのはフランス共和国大統領だ。

彼は友人らの待つテーブルに着く。


彼女、デュラスはまったく気がつかない。あなたは相変わらず熱心に牡蠣をむさぼりつづける。なにも、誰も、あなたの気をそこからそらすことはできない。

と、ある瞬間、あなたは白ワインを一杯飲む。あなたは頭を上げ、向かいのフランソワ・ミッテランの顔に気がつく。

――ヤン、あそこにいるのはフランソワね、すぐに呼んできて。

僕は動かない。あなたはこだわらない。

あなたは食べつづける。

時が過ぎる。

それから、フランソワ・ミッテランが立ち上がり、僕らのテーブルに向かってくる。彼はあなたにあいさつのキスをする。僕は彼にあいさつをする。彼はあなたと向かい合って座る。

すぐにあなたは大統領の手を取って言う。

――フランソワ、あなたに言いたいことがあるわ、とても大事なこと。

――何です？　マルグリット。

――つまりこうなのよ、フランソワ。少し前から、わたしはあなたよりもずっと有名になった、世界じゅうで。驚くでしょう？

――いいえ、驚きません。知っていましたよ。


沈黙。

これらすべてが、ふだんとまったく変わらないひととき、お互いにわかりきったことのように語られる。

それからあなたは言う。あなたのお子さんたちはお元気？　あなたはどう？　お元気そうに見えるわ。

彼らは微笑む。彼らは二人きりだ。長いあいだ、なにも言わずにお互いを見つめている。それから、あなたはフランソワ・ミッテランの手を放して言う。

――ほら、フランソワ、白ワインを少しお飲みなさい、おいしいから。ね、このすてきなレストランで、わたしはクロード・ベリ[★2]のお客なの。だからわたしは好きなときに友達に奢るの。

――いいえ、わたしはこれで失礼しなければ。明日は朝早いので。

――夜十一時に寝るなんて耐えられない。

――それは誰におっしゃっているの、マルグリット。

彼らは立ち上がる。彼らは抱き合ってあいさつをする。彼らは最後にもう一度、お互いを見つめ合う。

大統領は友人らに囲まれて、ラスパイユ通りのレストランを出る。

会って、ともに微笑み、抱き合うのはそれが最後であることを、彼らは知らない。彼らはそれが永遠の別れであることを知らない。すべての本物の別れがそうであるように。

デュラスは一九九六年三月三日に死んだ。

ミッテランは一九九六年一月八日に死んだ。

僕が共和国大統領の死を、サン＝ブノワ街の家の客間であなたに告げると、あなたは今際の際で、僕は明日もあなたが生きているかわからない日々を過ごしている、そんななかであなたは言う。彼、フランソワが死んだのは知っている。テレビのニュースで聞いたわ。

そうなのだった。

そのようにして、友情と信頼のひとつの物語＝歴史が終わる。戦時中に始まったのだった。

レジスタンス運動のなかだった。ロベール・アンテルムがナチスの収容所から生きて戻ってきたとき、決定的に動かぬものになった。ひとつの物語＝歴史、それは出会いや言葉を経る必要はない。違う。抗しえないものとしてすでに書かれている歴史＝物語。時代に。政治に。人生の偶然に。結婚の提案（プロポーズ）に。なにもない、ただ海の幸（フリュイ・ド・メール）のレストランで思いがけず会うというそのままの嬉しさより他には。そしてミッテランまたの名をモルランがロンドンから秘密裏に戻ってイギリス煙草をふかした、サン＝ブノワ街での初めての出会いのときと同じ、変わらぬ魅力以外には。

共和国大統領が出て行って、あなたはイル・フロッタントを注文したはずだ。他のデザートであったわけがない。で、あなたは言った、たしかに言った、僕の耳にはいまでもあなたの声が残っている。ヤン、このカスタード・クリームは世界でいちばん洗練された味よ。

そしてそのあと、僕らは店を出て、車でセーヌ河岸へ、ヌイイ橋★3のほうへ、それからノートル＝ダムへと走った。それからやっとサン＝ブノワ街に戻ってきたのだった。

そうだったのだ。

二〇〇五年十月二十三日　日曜日　Y・A

デュパン街の郵便局

ジャン・ミュニエの証言

一九四四年六月一日の午後の初めに連絡があった。デュパン街でMNPGD[★1]のリーダーらの会合を開くという。連絡がくるのが遅かったので、わたしは男たちを幾人か集めることもできず、ひとりでそこに向かうことにした。われわれのレジスタンス運動の秘書兼連絡要員である妻のジネットがわたしといっしょに来たがっていたが、彼女にはシェルシュ＝ミディ街一四番地[★2]のアパルトマンに残るよう念押しをしなければならなかった。

デュパン街のアパルトマンに着くと、ポール・フィリップ、ロベール・アンテルム、マリー＝ルイーズ・アンテルム、そしてもうひとり若い女性のミネット・ド＝ロカ＝セッラだったと思うが、彼らがすでに来ていた。パリが「無防備都市」宣言をせず、ドイツ軍もまた力の限り抵抗しようと決意するならば、パリ住民の備蓄は厳しい状況に陥るだろうという話が始まっていた。

わたしは、部屋の中央の円いテーブルの上に美しい写真があることに気づく。「アルクール」

写真館[★3]で撮影されたフランソワやクリスティーヌ、ダニエル、パトリス[☆1]の写真だ。そしてまた、税務署からシャルル・ディトルム氏宛てにきた一通の手紙がわたしの気を引く。シャルル・ディトルムはデュパン街のアパルトマンの所有者だったが、手紙の宛先はクロワ＝デ＝プティ＝シャン街[★4]の、わたしの妻ジネットの小さな仕事部屋のそれになっていた。われわれはそこに住んでいなかったが、彼女のタイプライターといくつかの大きなスーツケースを置いていた。スーツケースには弾薬類――軽機関銃、一〇〇グラムごとのパッケージになっているＴＮＴ火薬、時限式の火薬棒、導火線――が入っていた。われわれはこれら一式をすべて、わたしの両親の工場（ディジョンの洗濯業者である）から運び込んでいた。フォンテーヌ＝フランセーズ[★5]地区への落下傘投下で手に入れたものだった。

　フランソワの来るのが遅いことを気にしながら、わたしは通りへ降りて彼を待つことにした。歩道に出てセーヴル街[★6]のほうへと急ぐと、わたしの正面に黒いトラクシオン・アヴァン[★7]から明らかにいま降りてきたばかりの二人の男が見える。前のドアの脇に運転手がいて、ドアはまだ開いている。車はデュパン街左側のセーヴル街の歩道の縁に止められている。わたしは二人の男のほうに向かって進む。彼らとまさにすれ違おうとしたそのとき、わたしに近い側の背が高く金縁の眼鏡をかけたほうが、いきなりわたしの肩に手をかけ、「身分証明書を見せてください」と言う。わたしは答える。「もちろんいいですよ」。前面から一発見舞ってやり、力づくで彼らを突き飛ばして、わたしはトラクシオン・アヴァンのそばで銃を取る余裕のなかった奴に襲いかかる。と同時にとっさにトラクシオンの後ろに隠れ、そのまま走って左へ曲がり、サン＝プラシード街[★8]に入る。

パトリスは小さなホテルの二階に部屋を借りている。たしかサン＝プラシード街とシェルシュ＝ミディ街の角だったはずだ。私は急いで階段を駆け上がり、礼儀もなにもなく大慌てで部屋に転がり込む。パトリスとクリスティーヌがいて、驚いている。わたしは手早くことのなりゆきを話し、クリスティーヌにはすぐにデュパン街のアパルトマンに電話をしてくれるよう頼む。受話器の向こうで男の声がする。「こちらシャルル、あなたは誰かな？」ゲシュタポが来ている。シャルル・ディトルムをわれわれのメンバーのひとりだと思い込んでいるのだ。

パトリスに服を貸してくれと頼む。われわれはほとんど同じサイズだ。できるなら明るい色のを。僕のはマリン・ブルーだから。水で髪の毛をなでつけ、即刻デュパン街まで引き返す。先ほどの車はセーヴル街を進んで、デュパン街との辻から少し離れたところに目立たないように止めてある。わたしはぶらぶら歩きながら、数分前に逃がしたのと同じ男だとは思いもよらずにこちらを見ているゲシュタポの運転手の前を、ゆっくり通りすぎる。同じ歩道の向こうに、

☆1　フランソワ・ミッテラン、クリスティーヌ・グーズ＝レナール、その妹であり、のちのフランソワ・ミッテランの妻ダニエル・グーズ、そしてパトリス・プラの四人。

アンドレ・ベタンクール[9]がやって来るのが見える。わたしは彼とすれ違いざまに近寄り、指を唇に当てて言う。「ゲシュタポがデュパン街に来ている。行くな」。わたしはさらに数メートル進み、それから回れ右をしてゆっくり戻る。メトロの入口の前を通るとき、フェレオル・ド・フェリ[10]を見かける。彼に事情を話し、三十分後に見張りに来てくれるように頼む。フランソワが遅いということは、彼がデュパン街で電話を入れたということだろうと考え、わたしはほっとする。

わたしはゲシュタポの車の近くへと戻る。車から三メートルほどのところまで近づく。さきほど張り倒した奴らのうちのひとりが、ロベール・アンテルムとポール・フィリップを連行するところだ。彼らはうつむき、こちらに気がつかない。あの光景を忘れたことはない。

ゲシュタポはクロワ゠デ゠プティ゠シャン街にあるジネットのオフィスのアドレスもつかんでおり、間違いなくそちらに急行しようとしていた。わたしは、活動班のリーダーで徹底した勇気の持ち主であるミシェル・グリリケス――彼の家族はトゥルーズでゲシュタポに殺された――に電話をかける。そして武器と火薬を運び出すから三人の男たちをヴィクトワール広場[11]に集めてくれるよう頼む。ゲシュタポはできるかぎり張り込みを急ぐだろうから、朝七時に集合だとはっきり伝える。

われわれが銃を持って到着すると、建物の管理人の女性がすでに立ちすくんでおり、どうやら気が動転した様子で、男たちがやって来て彼女に暴行を加えたのだと言う。彼らはジネットの仕事部屋の鍵を要求したが、管理人の彼女はそれを渡さなかった。というわけで、彼らは罠を仕掛ける気満々で錠前屋を探しに出ていった。あの部屋には大きなスーツケース四つと、ジネットのアンダーウッド製タイプライターが置いてある。それらすべてをシェルシュ＝ミディ街一四番地のわれわれのアパルトマンに運ぶ。

　数日後、フランソワがわたしにサン＝ジェルマン大通りまでついてきてくれという。ロベール・アンテルムの妻である女流作家を紹介してくれるらしい。

　フランソワはわたしに、ロベール・アンテルムの妻マルグリット・デュラスが夫のロベールに小包を渡してもらおうと、パリのゲシュタポ本部に出向いたことを説明する。彼女はそこに幾度も出かけたが無駄だった、そしてそこでデルヴァル（彼女の小説[★12]のなかのラビエ）に出会ったのだ、と。デルヴァルは彼女に惚れたようだ。この生まれたばかりの恋を、彼女はわれわれのレジスタンス運動のために、もしも裏切り者がいるならその裏切ったメンバーの名前を聞き出すのに利用できればいいと考えている。

　マルグリットは、デルヴァルからもらった逢い引きの時間と場所をわたしに教えてくれる。わたしは彼らの駆け引きを見張りながらその日を待つ。ある日の午後、マルグリットはやつれた顔でわたしのところに戻ってきて言う。「あそこにはもう行かない。ルビコン川を渡りそこねたわ」。

上陸部隊は進軍し、パリに近づく。フランソワとともに、わたしは担当の司令部を決める。そこには大きな中庭があり、十数台ほどの車を駐車することができる。われわれは数多くの武器を配備する。ドイツ軍は重戦車「ティーガー」わずか五台のみでパリ制圧を遂げようとしている。それらは市街戦に投入する間もなく、火の中で焼け落ちるだろう。

二〇〇五年十一月　J・M

訳注

出版社注記

★1　『ロートル・ジュルナル（*L'Autre Journal*）』（一九八四―一九九二）はミシェル・ビュテル（一九四〇―二〇一八）創刊の雑誌。文学作品、ルポルタージュ、インタビュー、政治問題等を扱った。

★2　マリー＝ロール・ド・デケール（一九四七―）はフランスの写真家。アルジェリア生まれ。

序言

★1　パリ六区にある通り。両端は、セーヴル街とシェルシュ＝ミディ街の各通りとの間でT字路となっている。

★2　デュラスの自宅ならびにデュパン街の郵便局はいずれも五番地。

★3　ミッテランが大統領初当選を果たした一九八一年フランス大統領選挙のこと。

第1章

★1　フランス北東部の町。第一次世界大戦ではドイツ軍がこの地の要塞に激しい攻撃を加えたが、フランス軍は一九一六年十二月、ドイツ軍を撃退した。

★2　一九八四年九月二十二日、ミッテランは当時の西ドイツ首相ヘルムート・コールとともにヴェルダンで戦没者の追悼式典に参加。納骨堂の前で互いに手をつなぎ祈りを捧げる両首脳の姿は、「ヴェルダンの和解」として大戦後の仏独友好関係の象徴ともみなされる。

★3　ロベール・アンテルムはマルグリット・デュラスと一九四七年に離婚したあと、モニック・レニエ（一九二三―二〇一二）と結婚した。第1章☆6参照。

★4　ミュンヘン郊外の都市ダッハウに設立、ナチスの最初の強制収容所とされる。

★5　ナチス親衛隊員。一九二五年設立。個人としてのヒトラーを保護する組織だったが、のちに警察機能、軍事機能を有するようになった。

★6　ピエール・ビュジョーはジャック・ベネの同志で、共産党の活動家。

★7　ラーヴェンスブリュック強制収容所は、ベルリンから北に八〇キロメートルほど離れたところに位置する女子強制収容所。ロベールの妹マリー＝ルイーズはここに移送され、一九四五年五月に死亡した。

★8　アベイ街は、デュラスのアパルトマンを出て左手に七〇メートルほど離れたところでサン＝ブノワ街とT字路を構成する。

★9　デュラスのアパルトマンを出て右に進んで逃げたことを意味する。

★10　ドランシー収容所は、一九四一年パリ郊外北東に設立されたナチスの仮収容所。フランス国内のユダヤ人移送のための中継施設で、収容者のうち生還したのは三％未満であった。一九四五年には対独協力者や枢軸国関係者の拘留所として利用された。

★11　第五共和政初代大統領シャルル・ド・ゴール（一八九〇―一九七〇）は第一次世界大戦時に重傷を負いドイツ軍の捕虜となったが、大戦後に帰国、第二次世界大戦でフランスがドイツと休戦条約を結ぶと、亡命先のロンドンからBBC放送でフランス国民に向けてレジスタンス運動への参加を呼びかけた。一九四四年八月パリ解放（リベラシオン）時には熱狂した群衆に迎えられシャンゼリゼ通りを行進。自由フランスとは距離を置きながらレジスタンス運動を展開したミッテランもこの行進に参加、ド・ゴールを首班とする臨時政府に短期間ながら加わった。なお、ミッテランはド・ゴール大統領二期目への挑戦にあたる一九六五年大統領選決選投票でド・ゴールに敗北している。

★12　パリ十七区にある通り。ラビエ（デルヴァル）の自宅はこの通りに面していた。

★13　ジョルジュ・フィゴン（一九二六―一九六六）。モロッコの政治家メフディー・ベン・バルカ（一九二〇―一九六五？）の失踪に関し、殺害を証言した。

★14　カフェ・ド・フロールは、デュラスのアパルトマンのあるサン゠ブノワ街に面している。

★15　デュラスは『苦悩』のなかで、ブルボン宮の側でラビエと鉢合わせになったさいに待ち合わせていたのは二人のレジスタンス仲間であるとしている。

★16　フランスの作家、フランソワ・モーリヤック（一八八五―一九七〇）は、パリのヴォジラール街一〇四番地の学生寮の元寄宿生でもあり、ミッテランの入寮時の推薦者だった。

★17　ルネ・フロリオ（一九〇二―一九七五）はフランスの弁護士。第二次世界大戦の対独協力者や戦犯を擁護した。

★18　ジョルジュ・イザール（一九〇三―一九七三）はフランスの弁護士、政治家、ジャーナリスト、レジスタンス運動家。フランソワ・ミッテランの弁護人を担当した。

★19　元私服警官のピエール・ボニー（一八九五―一九四四）と無法者アンリ・ラフォン（本名アンリ・シャンベルラン、一九〇二―一九四四）率いる拷問集団。ローリストン街のゲシュタポと呼ばれた。

★20　パリ市庁舎前広場のわきからセーヌ右岸に沿って西にのびる通り。

★21　パリ郊外のこの地にＭＮＰＧＤの療養所があり、アンテルムとデュラスは一九四五年六月半ば頃、ここで静養した。

★22　フランス中央山地の主要部にあたる地方。

★23　パリ一区と二区の境界付近にある広場。

★24　ボナパルト街は一部サン゠ブノワ街と平行し、セーヌ川方面にのびる通り。ボナパルト街とジャコブ街の十字路はデュラスのアパルトマンのある一角に隣接する。

★25　クロード・ロワについては第3章☆19参照。

★26　イエールは南フランスのヴァール県にあるコミューン。地中海に面する。一九八〇年六月、当時の社会党文化担当ジャック・ラングによりイエール映画映像ヨーロッパ会議が開催され、ヨーロッパ各国の映画人らが招かれた。ミッテラン、デュラスの他、ビュル・オジエ、ニコル・ガルシア、ダニエル・ジェラン、ローラ・ベッティ等が参加。

★27 フランスの俳優ビュル・オジエ（一九三九―）はデュラスの以下の作品、すなわち『木立の中の日々』、『エデン・シネマ』、『ナヴィール・ナイト』、『マルグリット・デュラスのアガタ』、『サヴァナ・ベイ』に出演した。

★28 パリ六区のリュクサンブール公園西側に沿ってのびる通り。ここに面した建物内に居を構えていたミッテランは、一九五九年に付近の公園で襲撃を受けた他、一九六一年にはアパルトマンにプラスティック爆弾を仕掛けられた。

★29 第1章☆8参照。

★30 カフェ・ド・フロールに隣接。

★31 フィリップ・ボシャール（一九二四―一九九八）はフランスのジャーナリスト。

★32 パリ九区にある通りの名。

★33 パリ六区にあるコメディー・フランセーズの劇場。

★34 ジャン・ミュニエ（一九一五―二〇一一）はレジスタンス運動家。第二次世界大戦中、ドイツ軍捕虜となりフランソワ・ミッテランとともに脱走。ミッテランの生涯の友となった。補遺「デュパン街の郵便局　ジャン・ミュニエの証言」を参照。

★35 ジャン・ミュニエのレジスタンス名。

★36 レオン・ブルム（一八七二―一九五〇）はフランスの政治家、文芸批評家。ジャン・ジョレスの路線を守りながら、社会党（ＳＦＩＯ）党首として、一九三六年人民戦線結成時には急進社会党や共産党も巻き込んだ統一戦線で内閣を樹立した。一九三八年、第二次ブルム内閣。一九四〇年、ヴィシー政府により逮捕。一九四三年、ブーヘンヴァルト収容所に収容される。戦後解放され、臨時内閣の首班を務めた。『新版ゲーテとエッカーマンの対話』などを著す。

★37　フランスの政治家ピエール・マンデス・フランス（一九〇七―一九八二）は、急進社会党員として一九三八年人民戦線第二次レオン・ブルム内閣の財務次官、戦後臨時政府の国民経済相を務めるが、ド゠ゴールと経済政策で対立。一九五四年首相となり、インドシナ戦争を終結させるとともに、北アフリカ植民地問題解決に向けて対話の道を開いた。急進社会党から除名され、一九六一年、統一社会党に入党、一九六五年の大統領選ではフランソワ・ミッテランに協力した。

★38　一八四八年の二月革命、一八七〇年の普仏戦争敗北と第三共和政の樹立に端を発する一八七一年のパリ・コミューン、一九三六年の人民戦線内閣、そして一九八一年の社会党政権を指す。

第2章

★1　一九八六年三月十六日のフランス国民議会総選挙のことを指す。それまでの二回投票制を廃止し、第五共和政で初めて比例代表制を採用した。この選挙で保守勢力が勝利、「コアビタシオン」が導入された。また、極右政党「国民戦線」（現在の「国民連合（Rassemblement national）」）が初めて国民議会に議員を送り込んだ選挙としても知られる。

★2　一九七四年フランス大統領選挙決選投票率は八七・三％。なお、この大統領選で第一回投票最高得票数を勝ち取ったミッテランは、決選投票でジスカール゠デスタンに敗れた。

★3　ヴェルサンジェトリクス（前八〇頃―前四六）はアルウェルニ族長で、ガリア人（ケルト人）の英雄。ウェルキンゲトリクスとも表記される。ケルト人の諸部族をまとめあげ、古代ローマに抵抗。カエサルと闘い、一度は勝利したが、その後のアレジアの戦いで敗北。投獄ののち釈放されたが、カエサル凱旋のさいに処刑された。

★4　ロジェ・クノベルスピース（一九四七―二〇一七）はフランスの作家、俳優。強盗の罪で拘禁され、受刑中に社会的不平等と犯罪について思索、知識人らの支持を集める。ミッテランによる釈放後、強盗や発砲で逮捕される。パリ郊外に位置するエヴリー重罪院で判決を受け、収監。受刑期間は二十六年に及んだ。

★5　モントーバンはタルヌ＝エ＝ガロンヌ県の県庁所在地。オクシタニー地域圏。フランス南西部の都市トゥールーズの北部に位置する。

★6　アビブ・グリムズィ事件。アルジェリア青年アビブ・グリムズィは一九八三年十一月十四日、ボルドーの友人に会ったのち、アルジェリアへの帰路で一〇時三〇分頃ボルドー発の列車に乗車。深夜の列車には外人部隊入隊試験を受けた帰りの三人の若者と採用担当の主任伍長が乗っており、外人部隊志願の若者らはグリムズィに暴行を加えた。主任伍長はこれに気づかず、一度は車掌が介入したが、別の車掌を騙した若者らから再度暴行を受けたグリムズィはナイフで刺されたうえ車両外に放り出されて死亡した。犯人らは犯行後にかけて差別的な発言をしており、ヘイトクライム反対を訴えるデモ「ブール行進」が展開する最中のフランスで起きた人種差別的動機による事件として記憶された。

★7　紀元前四世紀のギリシャの彫刻家。作品に『幼児ディオニュソスを抱くヘルメス』『クニドスのアプロディーテー』『蜥蜴（とかげ）を殺すアポロン』など。

★8　シャルル八世（一四七〇—一四九八、在位一四八三—一四九八）は、一四九四年にイタリア遠征、翌年ナポリに進出したが、ローマ教皇、神聖ローマ皇帝、ヴェネチア、アラゴン、カスティーリャなどによる同盟軍に敗れた。

★9　カスティーリャ女王イザベル一世（一四五一—一五〇四、在位一四七四—一五〇四）とアラゴン王フェルナンド（一四五二—一五一六、在位一四七九—一五一六）の結婚によりスペイン統一が果たされるとともに、レコンキスタのグラナダ入城は夫妻にカトリック両王の称号をもたらした。法と官僚組織の整備、農業問題・都市階級闘争の終結のかたわら、異端審問所開設と異教徒追放、コロンブスの航海援助等新世界への進出は、中世から近代へと移行するヨーロッパのありかたを方向づけた。

★10　後ウマイヤ朝（七五六—一〇三一）のカリフのこと。

★11　『にんじん』で有名なフランスの作家ジュール・ルナール（一八六四―一九一〇）の『日記』は作家の死後、公刊された。このなかには「若さ」についてたとえば以下のようなくだりが見られる。「老いとは、『自分がこれほどまでに若いと感じたことはなかった』と言い始めるときのこと」（『日記』、一八九七年九月三十日）。「人は老いることがないというのは真実である。心についてはなるほどそうだ、少なくとも恋愛でそう感じたことはある。さて、精神についても同じこと。精神は永遠に若いままだ。二〇歳より四〇歳のときのほうが人生をよりよく理解しているということもない、そしてそれを知っており、認める。そう、若さというのはそれなのだ」（『日記』、一九〇七年二月十二日）。

★12　仏領インドシナのプランテーション企業。主としてゴムの生産を手がけた。一九一〇年創業。

★13　反ユダヤ感情や普仏戦争敗戦の復讐心が絡み、砲兵大尉アルフレッド・ドレフュス（一八五九―一九三五）に無実の罪が着せられた大事件。ドレフュスは一八九四年逮捕、一八九九年恩赦で釈放された。

★14　一六八五年、ルイ十四世によりナントの王令が廃止され（フォンテーヌブローの王令）、ユグノーは改宗の強要、投獄、拷問など激しい迫害を受けた。国外亡命者も多数にのぼり、フランスの産業に影響を及ぼした。

★15　フランス南西部にあるアンシャン＝レジーム下の州名。トゥールーズ、アルビ、ベジエ、モンペリエ、ナルボンヌ、ニームなどの都市を擁する。トゥールーズ伯領として、とくに十世紀以降はローマ文明の遺産のもと、南フランス独特の文化を形成。北フランス語（オイル語）とは異なる南フランス語（オック語）を使用した宮廷吟遊詩人トルバドゥールらの活躍は、この地の文化的個性を長く際立たせた。キリスト教カタリ派（アルビジョワ派）やプロテスタント（カルヴァン派＝ユグノー）はこの地域に信仰を広げて拠点のひとつとし、十三世紀にはカタリ派がアルビジョワ十字軍（一二〇九―一二二九）に、十八世紀初頭にはカルヴァン派がカミザールの乱（一七〇二―一七〇四年）でルイ十四世の国王軍に、それぞれ抵抗した。

★16　十二世紀から十三世紀にかけて南フランスやイタリアで勢力を広げたキリスト教異端カタリ派の呼称。十三世紀にはアルビジョワ十字軍の襲撃を受けた。

★17　ラングドック地方では十二世紀頃からキリスト教異端カタリ派（アルビジョワ派）の信仰が広がり、トゥールーズ伯をはじめとした大小貴族や有力市民らの支持を集めたが、十三世紀初頭にローマ教皇の指令で北フランス諸侯により組織されたアルビジョワ十字軍がこの地に攻め入り、都市の襲撃と市民の虐殺を繰り返した。カタリ派は弾圧への抵抗を続けたが、一二二六年、カペー朝ルイ八世がアルビジョワ十字軍を引き継ぎ、のちのトゥールーズ伯とカペー家のパリ和約（一二二九年）を経て南フランス王領化への道が開かれることとなった。

★18　ジャン＝マリー・ル・ペン（一九二八―）はフランスの政治家。一九七二年、極右政党「国民戦線（FN）」（二〇一八年「国民連合」に党名変更）を創設。反EU、移民排斥を主張する。

★19　パリ西部に位置する県。県内のノーフル＝ル＝シャトーにはマルグリット・デュラスの家がある。県庁所在地はヴェルサイユ。

★20　エドゥアール・ドリュモン（一八四四―一九一七）はフランスのジャーナリスト、政治家。一八八六年『ユダヤ人のフランス』を刊行、一八九二年には日刊紙『リーヴル・パロール』を創刊。反ドレフュス側の論客。

★21　モーリス・バレス（一八六二―一九二三）はフランスの作家、政治家。ブーランジェ将軍を支持し、反ドレフュス派として論陣を張った。著書に『根こぎにされた人びと』（一八九七年）など。

★22　フランス銀行は一八〇三年の法律により、株主総会を出資額上位二百名のみで構成することと規定されていた。これらの株主はいわゆる二百家族と呼ばれてフランス銀行を実質的に支配しつづけたが、一九三六年発足の人民戦線政府首班のレオン・ブルムは同年七月二十四日付の法律で、理事会の廃止と役員会の設置、四万名余の株主にたいする一人一票主義の採用、役員の在職期間制限などを定め、二百家族の世襲的・寡頭的理事会支配を終焉させて株主総会の民主化を図った（村岡ひとみ「ブルムの財政金融政策をめぐって」『北海道武蔵女子短期大学紀要』二五号、一九九三年)。

★23　一九二四年発足の急進社会党と社会党の連合政権。急進社会党総裁のエドゥアール・エリオ(一八七二—一九五七)が首班。財界の協力を得られず、一九二六年に崩壊した。

★24　左翼連合の首相エドゥアール・エリオが財界の抵抗について一九二五年に発した言葉。

★25　ルイ・ブラン(一八一一—一八八二)はフランスの社会思想家、政治家。雑誌『ルヴュ・デュ・プログレ』主幹。そのなかで「労働組織論」を発表。普通選挙の必要性を唱え、一八四七年、「改革宴会」に参加。一八四八年二月革命臨時政府閣僚となり、またリュクサンブール委員会の委員長として国立作業場を設立、最低賃金保障や労働時間制限を実現した。同年、イギリスに亡命。一八七〇年、帰国。翌年に国民議会議員となる。

★26　第三共和政の成立(一八七〇年九月)は翌年三月のパリ・コミューン樹立につながった。

★27　アドルフ・ティエール(一七九七—一八七七)は当初、自由主義的な立場をとり王政復古には批判的だった。『フランス革命史』(一八二三—一八二七)、『統領政府と帝政の歴史』(一八四五—一八六二)を執筆。七月王政下で首相を、第三共和政下で行政長官と大統領を務めた。一八七一年三月にはヴェルサイユに撤退したが、五月の「血の週間」で激しい市街戦を展開、民衆を徹底的に弾圧した。

★28　一八七一年三月十八日、ティエール率いる政府軍は市民の武装解除を目的としてパリ民衆地区の大砲を奪取しようとしたが、民衆と国民軍はこれに反撃し、政府軍はヴェルサイユへと撤退。パリ全市を掌握した民衆と国民軍は三月二十六日に選挙を実施し、二十八日、市庁舎前広場でコミューン樹立を宣言した。なお国民軍も選挙制を採用していた。一八七一年五月二十一日から二十八日の「血の週間」では各地区がそれぞれ孤立し、パリの狭い通りにバリケードを築いた背後からヴェルサイユ軍に攻撃されるなど、個別に粉砕された。

★29　左翼連合(左翼カルテル)は、社会党(SFIO)と急進社会党を軸として結成され、一九二四年の議会選挙で保守派と中道派の連合である国民ブロックに対抗して、勝利。急進社会党総裁のエドゥアール・エリオを首相とした内閣を誕生させた。

★30 一九三六年の総選挙では社会党、急進社会党、共産党が人民戦線を結成、三七三議席を獲得して右派の二四八議席にたいし圧勝した。

★31 アンリ・ギユマン（一九〇三―一九九二）はフランスの批評家、歴史家。

★32 一九六八年五月革命はパリ大学ナンテール校閉鎖、ソルボンヌ校での警察と学生の衝突につづき、政府や警察による弾圧と学生らの応酬の繰り返しを経て労働者を巻き込んだゼネストへと発展。デモ隊が展開したパリのカルチエ・ラタン周辺住民は保守派であったと推測されるが、彼らは高級アパルトマンのバルコニーからデモ隊に声援を送ったと言われる（ミシェル・ヴィノック『フランス政治危機の一〇〇年』大嶋厚訳、吉田書店、二〇一八年）。なお、ポンピドゥー首相は五月二日にイランとアフガニスタンを訪問し十一日に帰国。ド・ゴール大統領は十四日に忠告を振り切ってルーマニアを訪問、十八日の旅行は中断したものの二十九日にはコロンベ＝レ＝ドゥ＝ゼグリーズの自宅に戻ると言いながら在独仏軍最高司令官を訪ねた。二十九日の大統領不在時にはミッテランとマンデス・フランスが暫定内閣の構想を明らかにするが、翌三十日にド・ゴールが帰国、ラジオ演説で内閣改造と議会解散を約束すると、これを受けて同日夕方ド・ゴール支持のデモ行進が行なわれた。以後、混乱は収束し、六月二十三、三十日の国民議会選挙でド・ゴール派が圧勝。だが一九六九年、大統領による地方制度と上院に関する改革案が国民投票で否決され、ド・ゴールは辞職した。本文中のミッテランの言及は、一九六八年五月革命時の大統領と首相の不在、ならびに翌年のド・ゴールの辞職を指していると思われる。

★33 ランド県はジロンド県、ロ＝テ＝ガロンヌ県に隣接。これらの県はフランス南西部ヌーヴェル＝アキテーヌ地域圏に含まれる。マルグリット・デュラスの父の故郷デュラスはロ＝テ＝ガロンヌ県にあり、マルグリット・ドナデューはこの土地の名前を筆名とした。

★34 カップ・フェレはフランス南西に位置するアルカション湾と大西洋（ビスケー湾）に挟まれた岬。ジロンド県のコミューンであるレージュ＝カップ＝フェレに属する。北西風が強く、干満差が大きい。牡蠣の養殖でも知られるリゾート地。

第3章

★1　ベルシャッス街は、一九八〇年から二〇一八年までフランス社会党本部のあったソルフェリーノ街の東側に平行してのびる通り。北端はオルセー美術館南のリール街とT字路を構成する。

★2　七月王政下で首相アドルフ・ティエールが建築を命じた城壁「ティエールの壁」開口部の跡地。パリ南東部、十五区とパリ郊外の境界付近に位置する。

★3　モルヴァンは、フランスのブルゴーニュ＝フランシュ＝コンテ地域圏に広がり、中央高地北端に当たる山地を中心とした地名。ニエーヴル県、コート＝ドール県、ソーヌ＝エ＝ロワール県、ヨンヌ県にまたがる。フランソワ・ミッテランは一九四六年六月の憲法制定議会選挙でパリを含む当時のセーヌ県五区から出馬し、落選。同年十一月の国民議会選挙ではニエーヴル県から出馬、初当選を果たした。以後、ニエーヴルは政治家ミッテランの地盤となった。なお、モルヴァンは第二次世界大戦のマキ（主として山岳地帯で活動した対独抵抗運動グループ）の拠点のひとつ。また、ニエーヴル県の県庁所在地ヌヴェールは、アラン・レネ監督の映画にもなったマルグリット・デュラスのシナリオ『ヒロシマ・モナムール（二十四時間の情事）』で、広島とともに物語の舞台となった。

★4　ミッテランが首長を務めたシャトー＝シノンはニエーヴル県のコミューン。モルヴァン山地に含まれる。

★5　セルジュ・ジュリー（一九四二―）はフランスのジャーナリスト。左派系日刊紙『リベラシオン』の共同創始者であり、編集長を務めた。

★6　セルジュ・ジュリーはその著書『ミッテランの時代』で、一九八四年夏、ハッサン二世がミッテランをプライベートでモロッコに招待したと記している。イフレンはモロッコの中央アトラスにある都市。後出のフェズの南西約五〇キロに位置する。

★7　ブール＝カン＝ブレスはスイスとの国境付近、ジュネーヴ西約六〇キロにあるアン県のコミューン。一九八三年十月、ここで社会党大会が開催され、経済政策の他、緊縮政策に反対する共産党との関係の調整も課題となったが、解決は先送りにされた。

★8　一九八四年七月発足のローラン・ファビウス新内閣に、共産党からの入閣はなかった。

★9　ロナルド・レーガンはアメリカ合衆国第四〇代大統領（一九一一―二〇〇四、在任一九八一―一九八九年）。イリノイ州出身。民主党支持であったが、俳優時代に映画界の赤狩りに協力して転向、共和党に入党した。大統領就任後はレーガノミクスでアメリカ合衆国の債務を増やし、対外強硬路線を推し進めた。ＳＤＩの実現をめざすかたわら、ソ連との中距離核戦力全廃条約に調印し、東西冷戦の終結を方向づけた。

★10　十五世紀中頃、ジャン・ビュローとガスパール・ビュローは砲身を上下させられるよう大砲を改良した。

★11　ジャンヌ・ダルクによるオルレアンの解放で一四二九年ランス戴冠となったシャルル七世（一四〇三―一四六一）は、官僚制の整備や財政改革とあわせて常備軍を創設した。

★12　ラブラドール地方はカナダの北東、大西洋岸に面した地域。

★13　ピエール・モロワ（一九二八―二〇一三）は一九八一年から一九八四年までフランソワ・ミッテラン政権下で首相を務めた。景気刺激策および大規模国有化政策を望む大統領と緊縮政策派の政治家らを調停。これによりミッテランはＥＭＳ（欧州通貨制度）離脱の意図を翻すとともに社会主義路線から転向し緊縮政策へと舵を切った。

★14　フランスの劇作家ピエール・コルネイユ（一六〇六―一六八四）の『オラース』を念頭においた寓喩か。

★15　ミッテランから厚い信頼を寄せられていたローラン・ファビウス（一九四六―　）は、一九八四年、三七歳で首相に就任した（一九八六年まで）。ミッテランと同様にＥＭＳ（欧州通貨制度）離脱派であった彼は、首相になるやモロワの緊縮政策を推し進めた。レインボー・ウォーリア号事件で国防大臣シャルル・エルニュの更迭をめぐりミッテランとのあいだに距離ができたと言われる。

★16　一九八六年三月の国民議会選挙に向けては前年から各政党がテレビで論戦を繰り広げ、そのなかで首相ファビウスは激しい批判にさらされた。

★17　紀元前五世紀よりヨーロッパ大陸各地に居住地を広げたケルト人は、ゴール人（ガリア人）とも呼ばれるが、後者はいまのフランス国領土に当たる地域に住まう者を指すことが多い。

★18　ミッテランの妻ダニエル（一九二四―二〇一一）は、ヴェルダンで学校長の父と小学校教諭の母のあいだに生まれた。両親とも社会党（ＳＦＩＯ）の党員。第二次世界大戦中、父はユダヤ人生徒を通報しなかったためヴィシー政府により追放された。ダニエルはボランティア看護婦としてマキに参加、一九四四年十月にフランソワと結婚した。

★19　フランス中部の旧地方名。中心的なコミューンはブールジュ（シェール県の県都）。

★20　アングレームはシャラント県の県都。

★21　リモージュはヌーヴェル＝アキテーヌ地域圏の都市。シャラント県に隣接するオート＝ヴィエンヌ県の県都。

★22　サントンジュはサントを含む地域の旧地方名。ほぼ今日のシャラント＝マリティーム県にあたる。ボルドーやアルカションを擁するジロンド県、また、ミッテランの生誕地ジャルナックやアングレームを含むシャラント県に隣接する。

★23　ジャルナックはシャラント県のコミューン。ミッテランの生誕地。サントンジュの一部はシャラント県に含まれる。

★24　アラン＝フルニエの故郷エピヌイユ＝ル＝フルリエルは、フランス中部シェール県のコミューン。ブールジュの南約六〇キロに位置する。ミッテランは一九八四年も含めて三回、アラン＝フルニエの父の赴任校であり作家自身も学んだ小学校を訪ねている。

★25　シャルル・サマラン（一八七九―一九八二）はフランスの歴史学者、古文書司書・古文書学者。フランス学士院碑文・文学部門会員。
★26　ノガロはジェール県のコミューン。オクシタニー地域圏に属する。
★27　本章★26を参照。
★28　ジェール県からパリまでは直線でおよそ六〇〇キロ。
★29　ランド県は、ボルドーのあるジロンド県、デュラスの父の故郷ロ゠テ゠ガロンヌ県、ジェール県に接し、ジロンドとロ゠テ゠ガロンヌの各県の他、シャラント県、シャラント゠マリティーム県、ドルドーニュ県などとともに今日のヌーヴェル゠アキテーヌ地域圏を構成する。
★30　オネー゠ド゠サントンジュとも呼ばれるオネーは、シャラント゠マリティーム県のコミューン。ヌーヴェル゠アキテーヌ地域圏に属する。オネーのサン゠ピエール゠ドネー教会は十二世紀のロマネスク教会であり、サンチアゴ・デ・コンポステーラ巡礼路の途上にある。一九九八年、ユネスコ世界遺産に登録された。

第4章

★1　ポワティエはヌーヴェル゠アキテーヌ地域圏ヴィエンヌ県の県都。ミッテランが高校生活を送ったアングレームの北約一〇〇キロに位置する。
★2　アフリカ民主連合（RDA）は、フランス領西アフリカと赤道アフリカで結成されたアフリカ人による政党。一九四六年にフランス領スーダン（現在のマリ共和国）のバマコで結成大会が開催され、このときに選出された委員長がウフェ゠ボワニである。本章☆1にあるように、当初はフランス下院で共産党の会派に加わっていたが、冷戦期にはソ連の影響を危険視された。フランス政府は一九五〇年にRDAの集会を禁止。のちにRDAは共産党会派から離脱し、ミッテランの所属するレジスタンス民主社会主義連合（UDSR）議員団に加わった。

★3　ジャン・ルーシュ（一九一七―二〇〇四）はフランスの人類学者、ヌーヴェル・ヴァーグの映画監督。国立土木学校で学び、フランス領西アフリカのニジェールで橋や道路建設に携わる。その後、フランス国立科学研究センター（CNRS）の研究員として民族誌映画委員会を組織し、「シネマ・ヴェリテ」と呼ばれる領域を築き上げた。一九六一年、社会学者エドガール・モランと制作した『ある夏の記録』を公開。ジャン゠リュック・ゴダールらとのオムニバス作品『パリところどころ』（一九六五年）では第二話「北駅」を監督した。

★4　北アフリカなどで使用された混成言語。

★5　ガストン・ドフェール（一九一〇―一九八六）は一九三三年より社会党（SFIO）員として活動を始め、第二次世界大戦中はレジスタンス運動に参加。マルセイユ市長、ギ・モレ内閣で海外領土相、フランソワ・ミッテラン政権下で内相を務めた。一九五六年にはアフリカ植民地の段階的自由化をめざす基本法を、一九八二年には地方分権に関する基本法を制定した。

★6　バウレ族はアフリカのコートジボワールに住む部族。コーヒー豆やカカオ豆を栽培する。

★7　一九七五年に国家主権の尊重、武力不行使、人権と自由の尊重などを掲げるヘルシンキ宣言を採択したヨーロッパ安全保障協力会議を指す。

★8　古代ローマ皇帝マルクス・アウレリウス・アントニヌス（一二一―一八〇、在位一六一―一八〇年）は五賢帝の最後の皇帝。ストア哲学に傾倒し、『自省録』を残した。

★9　エメ・セゼール（一九一三―二〇〇八）はマルチニーク島生まれの詩人、政治家。フランスに渡り、パリの高等師範学校に入学。学生時代にのちのセネガル大統領レオポール・セダール・サンゴールと知り合い、ともにフランス植民地同化政策を批判するネグリチュード運動を起こした。マルチニーク選出の国民議会議員、フォール゠ド゠フランス市長を務めた。

★10　トンブクトゥは現在のマリ共和国ニジェール川中流域沿いに位置する都市。世界遺産に登録されている。

★11　セネガル川は西アフリカの代表的河川。ギニアの水源からマリ国内を流れセネガルとモーリタニアのあいだの国境付近に沿って大西洋に注ぐ。全長一六三〇キロメートル、流域面積約四四万平方キロメートル。

★12　アフリカ第三位の長さのニジェール川は、ギニアの水源からマリ国内を経由してニジェール国内およびベナンとの国境に沿ったのち、ナイジェリア西部を流れてギニア湾に注ぐ。全長四一八〇キロメートル、流域面積約二〇九万平方キロメートル。

★13　アフリカ第四の湖。チャド、ニジェール、ナイジェリア、カメルーンの国境付近にある。季節の変化や干魃により面積が大きく変化する。

★14　アビシニアはエチオピアの旧称。侮蔑的な響きを避けて現在はエチオピア高原と呼ばれる。

★15　ニオールはヌーヴェル＝アキテーヌ地域圏のドゥ＝セーヴル県にあるコミューン。ジャルナックの北西約七五キロ。

★16　カノはナイジェリアの北部にあるカノ州の州都。国際空港、大学、専門学校があり、ナイジェリア北部で最大の商工業都市であるとともに、政治的、文化的にも重要な位置を占める。旧市街は土でできた城壁に囲まれる独特の景観をもつ。

★17　アザーン（イスラムにおける礼拝の時を告げる呼びかけ）を唱える人。

★18　ヌアクショットはモーリタニア・イスラム共和国西部に位置する首都。ヌアディブはモーリタニアの北西、西サハラとの国境付近にある都市。いずれも大西洋に面する漁港を有する。

★19　十七世紀、この島にフランス人が入植。フランス王にちなみサン＝ルイと命名された。

★20　チャド共和国の首都。エンジャメナ、ンジャメナとも表記される。チャド西南部、カメルーンとの国境付近に位置する。国際空港があり、皮革、食品加工などが盛ん。中世はラクダ交易の中継地だったが、一九〇〇年、フランス人らにより要塞が建設され、植民都市フォール・ラミーとしてイスラム諸勢力鎮圧のためのフランス基地の役割を担った。ナイジェリアのカノとは陸路で結ばれる。

★21　実際には、ヌジャメナからはレイキャヴィクよりケープタウンのほうが近い。

★22　ティベスティ山地はチャド共和国北部の山地。先史時代の岩面画が残る。

★23　ライは二十世紀半ば頃以降にアルジェリアで広まったポピュラー音楽。この対談の一ヶ月ほど前にあたる一九八六年一月下旬、フランスで初めてのライ・フェスティバルがパリ郊外ボビニーで開催された。

★24　シェブ・ハレド（一九六〇―）はアルジェリアの歌手。ライの帝王と言われる。シェブ・サラウイ（一九六一―）もアルジェリアのライ歌手。

★25　アンワル・サダト（一九一八―一九八一）はエジプト第二代大統領。イスラエルとの関係正常化を模索し、一九七七年十一月にイスラエルを訪問、一九七八年九月にはカーター米大統領の仲介によりイスラエルのベギン首相とキャンプ・デービッド合意に署名、一九七九年エジプト・イスラエル平和条約調印。一九七八年、ベギン首相とともにノーベル平和賞を受賞した。一九八一年に暗殺された。

★26　パリ北東部20区に位置する墓地。十九世紀に作られた。著名人の墓が多く存在する。

★27　ジュミエージュ修道院は、六五四年にフランスのノルマンディー地域圏セーヌ＝マリティーム県のコミューン、ジュミエージュに建立されたベネディクト派修道院。

★28　一九八五年十月、パリのマルモッタン美術館で『印象、日の出』など九点の作品が盗まれる事件が起きた。すべての作品は一九九〇年十二月にコルシカ島で発見された。

★29　イスラエルの地中海に面した町セザレはハイファ地区にあたる。カエサリアとも表記される。古代ローマから中世にかけての遺跡が残り、古いものはヘロデ大王の時代にさかのぼる。デュラスは映画『船舶ナイト号（ナヴィール・ナイト）』の撮影で余ったフィルムを使い、ローマ皇帝ティチュスとユダヤの王女ベレニスの悲恋を題材とする映画『セザレ』（一九七九年）を制作した。

★30　フレデリック・ミッテラン（一九四七―）は政治家、作家、映画監督。フランソワ・ミッテランの甥。ニコラ・サルコジ政権下の二〇〇九年から二〇一二年にかけてフランソワ・フィヨン内閣文化相を務めた。

★31　エジプトの港湾都市ポートサイドはスエズ運河の地中海側にある。仏領インドシナから本国への移動では、サイゴンを出発してジブチに寄り、ポートサイドを通過してマルセイユに入港した。

★32　マッサワは紅海沿岸にあるエリトリア第一の港町。エリトリアはエチオピアにたいし独立を主張していたが、一九五〇年、国連総会がエチオピアへの併合案を採択。以後、エチオピアにたいする武力闘争が展開される。一九九一年には臨時政府樹立が宣言され、一九九三年、エリトリアの独立が承認された。この対談の時点ではマッサワはエチオピアに属していた。

★33　ヘラクレスがアルペイオス川とペネイオス川の流れを変えて水を引き、エリス王アウゲイアスの牛小屋掃除を一気に成し遂げたことを指す。

★34　ノルウェー南部の県名。

★35　陽樹と陰樹の区分には中間段階のものがあり、いちがいに二つのタイプに分けるのはむずかしい。ブナは陰樹とされる。

★36　ニレ類、シデ類は必ずしも陰樹とはいえない。カバノキの仲間は陽樹とされる。

★37　カレン・ブリクセン（一八八五―一九六二）はデンマークの作家。ブリクセン男爵と結婚し、ケニアでコーヒー農園を経営。帰国後、男性名の筆名イサク・ディネセンで『アフリカの日々』（一九三七年）を発表した。この作品はシドニー・ポラック監督により『愛と哀しみの果て』（一九八五年）として映画化された。

★38　現在のコンゴ民主共和国。ザイール共和国は一九七一年から一九九七年にかけての国名。

★39　ゲエズ語は古典エチオピア語。たんにエチオピア語とも呼ばれ、セム語派に属する。紀元前に紅海を渡りエリトリアやエチオピア北部の高原に移住した南アラビアの人びとの言語が、土着の言語の影響を受けて成立した。十世紀頃には死語となったが文章語として以後も使用され、今日ではエチオピア教会で典礼言語となっている。アムハラ語もセム語派に属するが、十三世紀に宮廷語となり、次いで書き言葉としてゲエズ語に取って代わる。二十世紀初頭にはアムハラ語現代文学が誕生。今日のエチオピアの公用語はアムハラ語である。

★40 エチオピアのユダヤ人は「ファラシャ」と呼ばれてきたが、彼ら自身は「ベータ・イスラエル（イスラエルの家）」と自称する。

第5章

★1 レーガンについては第3章★9参照。

★2 ムアンマル・アル゠カダフィ（一九四二―二〇一一）はリビアの軍人、政治家。リビアの革命指導者を名乗る。エジプト大統領ナセルの影響を受け、一九六九年、無血クーデターにより軍事政権樹立。急進的なアラブ主義、イスラム主義を掲げ、欧米に対抗的な外交政策を展開。国際的なテロ事件への関与が指摘され、アメリカの攻撃、国連の非難と制裁を受けたが、次第に協調路線に切り替えるなど欧米との関係改善をめざすようになった。

★3 第二次インドシナ戦争（ベトナム戦争）を指すと思われる。

★4 ヘルベルト・マルクーゼ（一八九八―一九七九）はベルリン生まれのユダヤ系ドイツ人の哲学者。ナチス政権下でアメリカに亡命した。フッサール、ハイデガーの下でマルクスを研究。フランクフルト学派に加わる。マルクス主義を批判しながらも、現代社会の人間疎外について管理社会を分析、批判した。一九六〇年代後半の学生運動や市民運動に影響を及ぼした。

★5 実際には約二二キロメートルとされる。

★6 アメリカのルイジアナ州のフランス系住民。

★7 カナダ南東部（旧名アカディア）から移住してきたフランス系住民。

★8 シャトー゠ドはパリ10区の街路名。また、その通りにある地下鉄駅名。ベルヴィル、ピレネー街は、パリ20区の地区名と街路名。パリ中華街は13区にあり、14区に隣接する。

★9 アルデーシュはフランス南部、オーヴェルニュ゠ローヌ゠アルプ地域圏の県。ドロームはアルデーシュ県の東に位置する県。シャラント県はミッテランの生まれ故郷。

★10　この一連の対談が初出であるところの『ロートル・ジュルナル』(「もうひとつの雑誌」の意）誌をもじったもの。

★11　社会主義政策を進めるグレナダで一九八三年に発生したクーデターを機に、レーガン大統領はグレナダに侵攻した。また、一九八六年のリビア爆撃では首都トリポリと港湾都市ベンガジが攻撃目標となった。

★12　モルヴァンについては第3章★3参照。

★13　一九八六年四月のリビア爆撃は、八五年十二月のローマおよびウィーンの空港襲撃事件や、八六年四月五日の西ベルリンにおけるディスコ爆破事件にたいする報復とされる。

★14　ジミー・カーター（一九二四―、在任一九七七―一九八一）は第三九代アメリカ合衆国大統領。民主党からジョージア州上院議員、次いでジョージア州知事に当選。一九七四年の任期終了後、大統領選に出馬。ウォーターゲート事件で自信を喪失したアメリカ国民から歓迎された。中東和平問題に取り組み、エジプトとイスラエルのあいだで平和条約締結を実現（一九七九年）。二〇〇二年、ノーベル平和賞受賞。

★15　シカゴとサンフランシスコを結び、アメリカを横断する列車。カリフォルニア・ゼファーと呼ばれ、今日ではアムトラックが同名の列車の運行を担う。

★16　急勾配の線路で列車が滑らないよう、二本のレールの間にラックレールを敷設し、その歯とかみ合わせた車両を走行させる方式。

ラスパイユ通りの永遠の別れ

★1　モンパルナス地区やデュパン街の付近を貫き南北にのびるパリ・セーヌ左岸の大通り。

★2　クロード・ベリ（一九三四―二〇〇九）はフランスの映画監督、プロデューサー。ロマン・ポランスキー監督の『テス』（一九七九年）、デュラス原作でジャン゠ジャック・アノー監督の『愛人 ラマン』（一九九二年）などをプロデュースした。

★3 ヌイイ橋は、パリ郊外のセーヌ川にかかる橋。パリ市内シャルル・ド・ゴール広場にある凱旋門とパリ市郊外ラ・デファンス地区にある新凱旋門を結ぶ直線上に位置する。

デュパン街の郵便局

★1 「戦争捕虜と強制収容所被収容者の全国救出運動」。第1章☆2参照。

★2 シェルシュ゠ミディ街は、デュパン街、ラスパイユ通りなどとほぼ垂直に交わる通り。シェルシュ゠ミディ街一四番地はデュパン街とのT字路から三〇〇メートルほど離れている。

★3 一九三四年創立のパリの写真館。著名人の写真を多く撮影している。

★4 パリ1区にある通り。フランス銀行の建物に沿ってのび、サン゠トノレ街とのT字路を有する。

★5 フォンテーヌ゠フランセーズはブルゴーニュ゠フランシュ゠コンテ地域圏コート゠ドール県のコミューン。ディジョン北東約三〇キロにある。

★6 デュパン街は、南端がシェルシュ゠ミディ街と、北端がセーヴル街と、それぞれT字路を構成する。

★7 シトロエンが一九三四年から一九五七年まで製造していた前輪駆動の乗用車。

★8 デュパン街の西に平行してのび、セーヴル街、シェルシュ゠ミディ街とT字路を構成する通り。

★9 アンドレ・ベタンクール（一九一九―二〇〇七）はフランスの政治家。ロレアル創業者ウジェーヌ・シュレールの娘リリアンヌと結婚、ロレアルの経営にも関わる。ヴォジラール街一〇四番地の寮生としてミッテランと親しんだ。一九四三年、ゲシュタポに逮捕されたが逃亡。ＭＮＰＧＤのメンバーとなり、ミッテランのレジスタンス運動を支えた。大臣、上院議員などを歴任。なお、ヴォジラール街一〇四番地の学生寮については、第1章☆2、同章★16も参照されたい。

★10 フェレオル・ド・フェリ（一九一五―二〇〇八）はフランスの古文書学者。ヴォジラール街一〇四番地の寮生であり、ミッテラン、ベタンクール、ジャック・ベネ、フランソワ・ダル（ロレアルCEO、パリ国立銀行取締役等）らと親交を結んだ。ジャック・ベネやヴォジラール街一〇四番地の学生寮については、第1章☆2も参照されたい。

★11　第1章★23参照。

★12　マルグリット・デュラス『苦悩』（一九八五年）のこと。

訳者あとがき

本書は Marguerite Duras, François Mitterrand, *Le bureau de poste de la rue Dupin et autres entretiens*, Gallimard, 2006 のうち «Autour de Robert Antelme» を除く部分を翻訳したものである。著作権の関係により訳出がかなわなかった当該部分は、ジャン・マスコロ（デュラスの息子）とジャン＝マルク・チュリーヌ（プロデューサー・作家）の映画『ロベール・アンテルムをめぐって』『サン＝ブノワ街グループをめぐって』からの抜粋（extraits des films de Jean Mascolo et Jean-Marc Turine, *Autour de Robert Antelme* et *Autour du Groupe de la rue Saint-Benoît*）にあたる。なお、底本は二〇〇六年版とした。

ここで扱われる二〇世紀フランスの代表的な作家マルグリット・デュラス（一九一四―一九九六）と第二一代フランス共和国大統領フランソワ・ミッテラン（一九一六―一九九六）の対談は、一九八五年七月から翌年四月にかけて五回にわたり行なわれた。一九八六年二月二十五日にはフランスのテレビ局ＦＲ３（現在のフランス３）が、第一回対談の『ロートル・ジュルナル』誌掲載を報じるとともに、第四回対談の収録の様子を伝えている。そのなかでデュラスは、ミッテランがあえて口にはせずしかし言いたかったことをこれらの対談で語りえたというその「幸福」について明かしている（フランス国立視聴覚研究所（INA）のアーカイヴによる。https://www.ina.fr/video/CAC86010078)。互いの言葉が言葉を呼んで話題がすぐにわきにそれてゆく、文学と政治の境界でなされる対話の自由においてこそ生起したにちがいないこの「幸福」とは何か。

本書の第一章でミッテランは言う。ナチに連行された夫ロベールを待つマルグリットの話を収めたデュラスの『苦悩』には、「わたしが……生をかけた出来事すべての痕跡となるものが書かれています」と。右翼に共鳴しヴィシー政権に親近感を抱きながらも中道派政治家から社会党のリーダーへ、共産党との共闘からコアビタシオンへ、アルジェリアでの弾圧と死刑執行から民族抵抗運動支持と死刑廃止へ、核兵器開発から実験停止へ――賞賛や非難の的にもなった数多くの転向によって老獪さの印象を強くした政治家フランソワ・ミッテランの「生をかけた出来事」のすべては、占領時代にあって日々つきまとう恐怖と、変わらぬ友愛のわかちあいに、すなわちたとえば収容所で横たわるおびただしい数の死にかけた身体のなかに友を探し、あるいは「その手を取りに行く」ふるまいに、さかのぼるということなのだろう。ほぼ四〇年ものあいだあえて口にすることのなかった、つまり沈黙と忘却で断片化し散逸したかのようなそれらの「痕跡」が、作家と政治家の対話を通して拾い集められ、復元されようとする――二人の記憶のかみあわぬことさえあるほどに生々しい再生の試みを本書でたどる読者には、デュラスの『苦悩』（田中倫郎訳）、そしてロベール・アンテルムの『人類』（宇京頼三訳）をあわせて読まれることをお勧めしたい。

本書の出版にあたり、訳者の所属する相模女子大学から助成を受けました。深く謝意を表します。未來社の西谷能英氏は、訳者の作業の遅滞と不手際にもかかわらず辛抱強くご助言とご支援をくださいました。心より感謝申し上げます。多くの先生と友人には、訳出にかかわることのみならず、長いあいだいつでも数知れぬ激励とお教えをいただいてきました。この場を借りて厚くお礼申し上げます。

坂本佳子

二〇二〇年二月二十五日

●著訳者紹介

・マルグリット・デュラス（Marguerite Duras）
1914年、フランス領インドシナのサイゴン近郊に生まれる。学業のためフランス本国に帰国、1939年にロベール・アンテルムと結婚し、第二次世界大戦中は夫とともにフランソワ・ミッテラン率いるレジスタンス運動に加わる。1943年、『あつかましき人々』を、翌年には『静かな生活』を発表。1944年、ロベールがゲシュタポに逮捕される。第三作目の自伝的小説『太平洋の防波堤』（1950年）以降、『モデラート・カンタービレ』（1958年）、『ヒロシマ・モナムール』（1960年）、『ロル・V・シュタインの歓喜』（1964年）、『インディア・ソング』（1973年）などを発表するとともに、自らの作品の映画化、舞台化にも取り組んだ。アルジェリア戦争に反対し、68年5月革命に参加、人工中絶解禁を求めるマニフェストに署名。1984年の『愛人』は世界的な成功を収めてゴンクール賞を受賞、翌85年には『苦悩』を発表。1996年3月3日、パリで死去。

・フランソワ・ミッテラン（François Mitterrand）
1916年、フランス南西部のシャラント県ジャルナックに生まれる。同県アングレームのカトリック系寄宿学校時代を経て、1934年、パリのヴォジラール街104番地にあるマリスト修道士会運営の学生寮に入寮。法学部と自由政治科学学院（パリ政治学院の前身）で学ぶ。この頃、「火の十字団」で活動。1940年6月、ヴェルダン付近で負傷しドイツ軍の捕虜となる。1年半後の1941年12月、二度の失敗ののち、脱走に成功。ヴィシーで在郷軍人会、次いで戦争捕虜復員局に職を得る。1943年、レジスタンス運動開始。1944年8月、パリ解放時にド・ゴールらと閣議に参加。同年10月、ダニエル・グーズと結婚。1945年4月、ロベール・アンテルムを救出する。1946年11月、ニエーヴル県選出の国民議会議員に当選。以後、県議のほか、海外相、内相などの閣僚を歴任。1959年から81年までニエーヴル県シャトー＝シノン首長を務める。1971年、社会党に入党し、まもなく第一書記に就任。1981年から1995年まで二期にわたり第21代フランス大統領。1996年1月8日、パリで死去。

・坂本佳子（さかもと・よしこ）
1966年生まれ。東京大学大学院総合文化研究科地域文化研究専攻博士課程単位取得退学。国立パリ社会科学高等研究院（EHESS）DEA取得。相模女子大学教授。専門は地域文化研究、フランス文学。

デュラス×ミッテラン対談集
パリ6区デュパン街の郵便局

発行——二〇二〇年三月三十一日　初版第一刷発行

定価——本体二四〇〇円＋税

著　者——マルグリット・デュラス
　　　　　フランソワ・ミッテラン

訳　者——坂本佳子

発行者——西谷能英

発行所——株式会社　未來社
東京都世田谷区船橋一—一八—九
電話　〇三—六四三二—六二八一
http://www.miraisha.co.jp/
email:info@miraisha.co.jp
振替〇〇一七〇—三—八七三八五

印刷・製本——萩原印刷

ISBN978-4-624-61043-2 C0098

（消費税別）

マーク・マゾワー著／中田瑞穂・網谷龍介訳

暗黒の大陸

〔ヨーロッパの20世紀〕政治、経済、社会、民族、福祉、性など多角的な視点から分析を加え、時代の暗部と栄光を正当に位置づけ、ヨーロッパ現代史を批判的に語り直す必読の歴史叙述。　五八〇〇円

トラヴェルソ著／宇京賴三訳

ヨーロッパの内戦

〔炎と血の時代一九一四―一九四五年〕二十世紀前半の激動の三〇年を、「ヨーロッパの内戦」という概念を媒介にして、思想的・歴史的に分析・考察した壮大なヨーロッパ現代史。　三五〇〇円

ヴァルター・ベンヤミン著／鹿島徹訳・評注

〔新訳・評注〕歴史の概念について

これまであまり顧みられてこなかった、一九八一年にアガンベンが入手したタイプ原稿の新訳。この原稿のみに見られるテーゼ1篇と自筆の書き込みも訳出した注釈書。　二六〇〇円

ユルゲン・ハーバーマス著／細谷貞雄・山田正行訳

公共性の構造転換〔第2版〕

〔市民社会の一カテゴリーについての探究〕市民的公共性の自由主義的モデルの成立と社会福祉国家におけるその変貌を論じる。第2版は批判への応答を含むいまや古典的な名著。　三八〇〇円

カール・シュミット著／田中浩・原田武雄訳

政治的なものの概念

「政治の本質は友と敵の区別にある」とするシュミットの原理的思考の到達点「友・敵理論」は政治理論であるとともに戦争論でもある。現代思想の原点ともいうべき必読の基本文献。　一三〇〇円

カール・シュミット著／田中浩・原田武雄訳

政治神学

「主権者とは例外状況にかんして決定をくだす者をいう」とする、国家と法と主権の問題を原理的に把握する思考を展開した主著。レヴィットによる決定的なシュミット批判も併録。　一八〇〇円

ジェルジ・ルカーチ著／平井俊彦訳

歴史と階級意識〔新装版〕

ヘーゲルの弁証法を批判的に摂取、マルクス主義にはじめて主体性の問題を提起したルカーチの代表作で、第二インター批判を通じて新しいプロレタリア革命を階級意識に求めた。　三八〇〇円

ジュリアン・バンダ著／宇京頼三訳
知識人の裏切り
第一次大戦後の初版刊行以来、いくつも版を重ねた古典であり、〈知識人〉と呼ばれる階層のはたした役割の犯罪性を歴史的・思想的に明らかにする、不朽の今日性をもつ名著。　三二〇〇円

ラインハルト・コゼレック著／村上隆夫訳
批判と危機
〔市民的世界の病因論のための一研究〕米ソ対立の国家の時代を背景に生み出された市民社会が世界の危機をもたらす啓蒙の必然性を歴史哲学的に批判した市民社会論の古典的名著。　四五〇〇円

ノルベルト・ボッビオ著／馬場康雄・押場靖志訳
イタリア・イデオロギー
クローチェからグラムシまで、二十世紀イタリア思想のイデオロギー的奔流を、ヨーロッパ思想史の巨匠がその政治的動向や歴史的顛末とともにダイナミックに解析する古典的名著。　三八〇〇円

カール・マンハイム著／鈴木二郎訳
イデオロギーとユートピア
「イデオロギーとユートピア」「政治学は科学として成り立ち得るか」「ユートピア的な意識」の三論文をおさめ、イデオロギーの機能と実践の問題を論じた知識社会学不朽の名著。　四八〇〇円

エドモン・ミシュレ著／宇京頼三訳
ダッハウ強制収容所自由通り
著名な政治家ミシュレによる、ダッハウ強制収容所実録「物語」。人間の尊厳を徹底的に剝奪される環境のなかでの生活を、抑制された筆致、ミシュレならではの視線で描写する。　二八〇〇円

クロード・ルフォール著／宇京頼三訳
余分な人間
〔「収容所群島」をめぐる考察〕ソルジェニーツィンの小説を手がかりに、ソヴィエト社会主義の矛盾の集約である強制収容所の問題を、ロシア・マルクス主義批判を通じて論じる。　二八〇〇円

ロベール・アンテルム著／宇京頼三訳
人類
〔ブーヘンヴァルトからダッハウ強制収容所へ〕一九四四年六月一日、政治犯としてゲシュタポによって逮捕――。「人間」という恐るべき種への透徹した眼差し。戦時下ドキュメント小説の極北。　四二〇〇円